KB179110

천 프랑의 보상

빅토르 위고. 1878. 나다르 사진.

VICTOR HUGO MILLE FRANCS DE RÉCOMPENSE

천 프랑의 보상

빅토르 위고 희곡

최미경 옮김

열화당

책을 내면서

1988년, 열화당에서는 극단 연우무대 공연작품 「달라진 저승」(김광림 연출)의 희곡을
사십여 점의 공연 사진과 함께 엮어 책으로 선보였다. 이 책은, 막이 내려짐과 동시에 극
중의 시공간이 정지되고 차단되어 버리는 연극을 책의 형태로 기록하고 보존한다는
뜻으로 기획된, '사진으로 보는 연극, 연우무대총서'라는 시리즈의 첫 권이었다. 두번째
권으로 황지우 작, 김석만 연출의 「새들도 세상을 뜨는구나」를 출간할 예정이었지만,
국내 출판시장에서 어떠한 지원도 없이 사진을 곁들인 희곡작품 출판의 명맥을
유지한다는 것은 불가능했고, 결국 첫 권에서 시리즈는 끝이 나고 말았다.

열화당은 주로 시각예술과 한국전통문화 관련 책들을 내 온 것으로 알려져 있지만,
사실 문학도 중요한 자리를 차지하며 이어져 왔다. 다만, 문학을 전문적으로 내는
출판사들과 달리, 책 만듦새나 구성에서 색다른 면모를 보이고자 애썼고, 이는 모든
문학은 결국 문자로, 그리고 책으로 완성된다는 생각의 발로였다.

성남문화재단 초청으로 국내 초연되는 빅토르 위고의 희곡 「천 프랑의 보상」의 출판
역시 그러한 연장선상에 있다. 제한된 독자층에도 불구하고 희곡문학이 갖는 고유의
전통과 의미를 찾아보고, 열화당 편집진들이 빅토르 위고를 깊이 있게 공부하는 기회로
삼고 싶기도 했다. 더욱이 이 책은 국내에서 처음 출간되는 빅토르 위고의
희곡작품으로, 원작의 일부를 생략·각색한 공연용 대본과는 달리 완역본이라는 점에서
의미가 남다르다. 또한 2010년 프랑스 툴루즈 국립극장 무대에 올려졌을 당시의 공연
사진이 비록 한정된 수량으로나마 함께 수록되어, 국내 공연을 본 사람들에게는 다시금
기억을 떠올리게 하고, 미처 공연을 보지 못한 독자들에게는 글과 함께 인물들의 연기와
무대를 상상해 보는 데 도움을 줄 것이다.

책은 모든 예술의 모태인 동시에 우리와 예술을 연결해 주는 매체라는 자명한 사실을
다시 한번 확인하게 된다. 이 책이 희곡문학 출판의 좋은 본보기가 되어, 예술현장과
기록매체 사이의 다양한 협력과 실험이 계속해서 모색되기를 바란다.

2014년 10월
열화당

차례

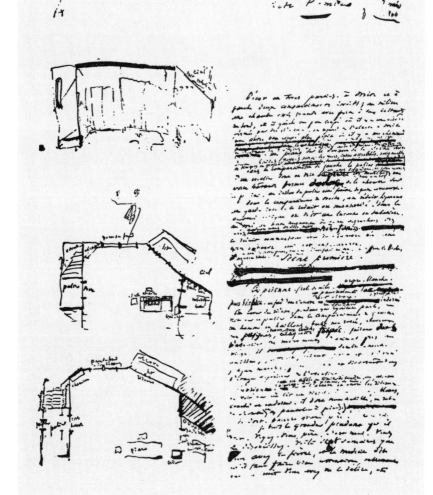

빅토르 위고의 「천 프랑의 보상」 1막 친필 원고와 무대 구성 스케치.

천 프랑의 보상

4막극

등장인물

글라피외
루슬린
에티에네트
시프리엔
제두아르 대대장
에드가르 마르크
드 푸엔카랄 남작
드 퐁트렘 씨
바뤼탱 씨
드 로몽 자작
스카보(압류집행관)
법원 집행관
경비원
경찰관
의상대여점 주인
벽보 붙이는 사람
의사
집행관 입회인들
경관들
가면과 도미노 의상을 입은 사람들
군중과 행인들

1820년대 어느 겨울, 파리

1막
제두아르 대대장의 집

등장인물
글라피외
루슬린
에드가르 마르크
제두아르 대대장
에티에네트
시프리엔
스카보(압류집행관)
법원 집행관
군중

무대는 세 부분으로 나뉜다. 오른쪽과 왼쪽은 좁은 공간이고 가운데는 양 문이 달린 제법 큰 방이다. 방 왼쪽에는 커튼이 드리워진 내실이 있다. 내실의 오른쪽에는 벽난로가 있다. 벽난로에는 불이 약하게 타고 있고 주전자에 차가 끓고 있다. 벽난로 위에는 차와 찻잔들이 보인다. 무대 정면인 큰 방에 피아노와 의자 두 개가 보인다. 벽 주변에 의자가 몇 개 있고, 액자가 걸려 있다. 마호가니로 된 작은 부인용 가구들이 보인다. 왼쪽에는 계단참이 보이고 계단이 위아래로 연결되어 있다. 계단참 쪽으로 중간 문이 하나 있다. 계단참 위에는 유리가 네 장 끼워진 창문이 보인다. 오른쪽에는 옷방으로 보이는 작은 방이 있다. 이 방은 망사르드식 다락방으로 사선형 천장에 여닫이창이 달려 있다. 방 안쪽 옷걸이에는 여성용 드레스들이 걸려 있다. 실크로 된 몇 벌은 색이 바랬다. 이 옷방은 열려 있는 중간 방문을 통해 정면의 큰 방과 연결된다. 중간 방문 옆에는 붙박이 식기장이 있고 공예가 불(A.-C. Boulle)[1]이 상감한 고급스런 작은 궤가 하나 있다.

1장

궁색해 보이지만 깨끗한 흰색의 값싼 드레스를 우아하게 입은 시프리엔과 글라피외.

그리고 방 안쪽 내실에는 한 노인이 자고 있다.

막이 오르면 시프리엔이 대사를 하는 동안 무대 왼쪽 계단참에서는 팔꿈치에 구멍이 난 누더기 옷에 턱수염이 더부룩하고 머리는 헝클어진 남자가 구겨진 모자를 쓰고, 밑창이 떨어져 나간 신발을 신은 채 덫에 걸린 동물처럼 움직이는 게 보인다. 남자는 주위를 살피고 엿보며, 조심스레 출구를 찾아 움직이는 듯하다. 계단을 몇 개 내려오다가 다시 올라가더니 위쪽 계단으로 사라진다. 시프리엔은 앉아서 바느질을 하고 있다. 피아노 위에 일거리를 올려놓고는 내실로 가서 커튼을 연다. 침대에는 백발의 노인이 잠들어 있다. 실내복을 입고 실내화를 신고 있다.

시프리엔 가련한 할아버지! 계속 주무시네.
(이마에 입을 맞춘다.)
주무시는 동안 야단 좀 칠게요, 할아버지. 말을 안 들으시니까 이렇게 되잖아요.
열이 난 지 벌써 칠 주째예요. 의사선생님이 조심하라고 했죠. 어젯밤에도 열이
높아 헛소리를 하시며 어머니와 저도 못 알아보시고, 저한테 계속 부인이라고
하셨죠. 그런데 또 아침부터 제 말 안 들으시고 일어나겠다고 고집부리시더니 결국
다시 이렇게 누우셨잖아요. 말썽쟁이 할아버지, 정말 말 안 들으시는 분이에요!
그래도 나의 할아버지시니까, 내가 꼬마 엄마할게요. 안녕히 주무세요.
(자는 모습을 지켜본다.)
어머니가 나를 딸로 둔 것처럼 할아버지가 제 아이 같아요.
(이마에 입을 맞춘다.)
주무세요, 이제. 아, 선량한 우리 할아버지! 우리가 얼마나 비참한 상태에 있는지
모르시죠. 두 달 전부터 편찮으신 할아버지께서는 어머니가 사실을 전부
숨겼으니까요. 아, 우리가 오늘 아침 얼마나 기막힌 상황에 있는지 아시게 된다면!
어떻게 하면 할아버지가 의심하시지 않을까? 거의 불가능한 일이야. 압류집행관을
보실 텐데. 아! 더 악화되시지나 않을까 걱정이야. 어머니와 나는 어떻게 되는
걸까?
(무대 안쪽의 문으로 가서 귀를 기울인다.)
어머니가 거실에서 말씀하시는 소리가 들려. 그들이 도착한 걸까? 그럼 저쪽 큰
계단으로 올라오겠지. 아, 어떻게 될까? 이 방까지 올라올까? 이제 더 이상 여기는
우리 집이 아니고 내 방도 없을 텐데. 어머니가 할아버지를 여기까지 모셔 왔고
압류를 못하게 몇 개의 작은 물건들도 여기에 가져다 놓으셨네.
(불이 만든 작은 궤를 보면서)
어머니는 이 작은 궤를 정말 소중하게 여기셔. 여기에 나 혼자 있는 건 아니야.
어머니가 계속 올라오시니까. 그이가 오늘 아침에는 오지 않으면 좋겠는데.
글라피외 (재등장)
(계단 위에서 발소리를 죽이려는 듯 조심스레 내려온다.)
내가 아주 신중한 사람이라는 거 아세요? 근데 저 위쪽 옥상으로 나갈 방법이

없군요. 모두 잠겨 있어서. 쥐덫에 갇히는 영광을 누리는 기분이야. 문지기는 내가
지나가는 것을 보지 못했지. 다행이야. 그런데 그 다음은? 간신히 여기로 들어오는
문제가 해결되니까 이제 다시 나가는 문제를 해결해야 하다니. 삶이 이런 거지.
(가능한 한 소리를 내지 않으며 작은 창문을 열고 머리를 내밀었다가 다시 문을
닫는다.)
길에 아직도 경찰 1개 분대가 있군. 저주받을 경찰들. 경관놈들! 악덕 경관들!
야비한 염탐꾼들! 계속 찾는 모양이군. 아직도 감시 중이야. 내 흔적을 놓친
모양이지. 막연한 희망을 품어 볼까. 잘 생각해 보자.
(팔짱을 낀다.)
팔짱을 끼면 좋은 제안들이 떠올라. 어떻게 할까? 다시 내려갈까? 그건 안 돼. 푸코
자작이 한 것처럼 나도 바로 붙잡힐 거야.[2] 여기에 숨을까? 그것도 안 돼.
세입자들이 계속 들락거릴 테니까. 그럼 어떻게 할까? 내 차림새도 말이 아니고.
딜레마야. 있던 곳으로 돌아가면 다시 잡힐 거고. 여기에 있어도 잡히고.
질문치고는 정말 기가 막힌 질문이네. 정말 어쩐다?
(창을 바라본다.)
저 새들은 얼마나 묘한가. 새들은 모두를 비웃는 거 같아. '비행하다'는 묘한
말이지! 의미가 두 개니까. 하나는 자유를 또 하나는 감옥행을 의미하지.
(밖에서 "형편없는 의상이야"라는 외침이 들린다. 노래와 나팔소리. 나팔과 뿔나팔
소리가 들려온다.)
사육제날이네. 아직도 즐기는 사람들이 있어! 자연은 나의 비탄에 아주 무심해.
(생각에 잠긴다.)
경찰은 나를 알아봤어. 비열한 자들! 예전에 저지른 작은 잘못 때문에 나같이
누구에게도 나쁜 짓을 하지 않은 사람을 이렇게 추격할 수 있는 거야? 바보짓은
용서가 안 돼. 어릴 때 한 바보짓인데도 용서가 안 되는 거야. 불쌍한 사람을
촌구석에 보내 감시하고, 배고픔을 견디라는 거겠지만, 더이상 먹고 살 수가
없으니까 달아나 이렇게 파리로 온 거라고. 파리에 뭐하러 왔느냐고? 정직한 사람이
되려고. 파리는 크고, 선한 곳이지. 여기에 와서 나를 버리고 나를 되찾는 거야.
이름도 바꾸고 직업도 바꾸고. 내가 정직한 인간이 되기를 바라는 건가? 덕행의
씨를 방금 뿌렸으니 이제 자랄 시간을 주어야지, 이건 뭔가. 경찰이 너 불한당! 하고
바로 목덜미를 잡으려 하다니. 지하실 아니면 지붕 위, 선택의 여지가 없어. 지하로
가면 두더지들과 지붕 위로 가면 참새들과 지내는 거지. 아, 새들! 새들! 얼마나
멋진 존재들인가! 그들은 항상 추방된 상태로 살아가.
(몽상한다.)
아, 그들은 고양이가 있지! 나는 들라보 경감[3]이 있고!
(몽상한다.)
한 번 실수는 평생의 족쇄죠. 누구든지 두 번 실수를 한 게 아니라면 첫번째 실수를

절대로 하지 마세요. 어릴 때 과일가게 서랍이 열려 있길래, 하품하면서 정말
심심한 듯 있길래, 장난을 쳤죠. 십이 수4를 꺼냈어요. 그랬더니 날 잡았죠. 내가
서랍을 따고 돈을 꺼냈다는 거예요. 열여섯 살 때였죠. 열다섯 살하고 십일 개월일
때는 그저 악동이었는데 열다섯하고 십삼 개월이 되니까 강도가 되어 있는 거죠.
그들이 내게서 도둑의 자질을 발견한 거예요. 내가 소질이 있다고 생각한 거죠.
나는 악동도 못 되는 사람인데 내가 도적이 될 거라고 판단한 거죠. 나를 소년원에
삼 년이나 처넣었어요. 푸아시에 있는 이 시설에서 사회에 나가면 유익할 여러 가지
것들을 배웠죠. 과일가게 서랍에서 은행 금고로 수준이 높아졌어요. 프랑스 툴롱과
영국의 호스몽거 레인(Horsemonger Lane), 뉴게이트(Newgate) 도형장(徒刑場)을
경험한 적이 있는 교육담당자께서 금고를 보여 주면서 어떻게 사용하는지 알려
줬어요. 금고에 대한 지식을 전파해 준 거죠. 가장 훌륭한 금고는 런던에서
제작한대요. 금고제작자는 수도 없이 많지만, 쉬운 금고와 어려운 금고가 있어요.
또 유행도 있지요. 그리피스(Griffith)제가 괜찮은데 탄(Tann)사에서 제작한 게 더
훌륭해요. 밀너(Milner)사 거는 잔다르크처럼 난공불락이에요. 훌륭한 교육 방법
덕분에 밀너사의 금고를 여는 방법을 배웠죠. 밀너 거는 일곱 시간은 작업을 해야
열리죠. 그리피스 거는 십 분이면 돼요. 쐐기만 하나 가지고 있으면 되지요. 쐐기를
금고 홈 사이에 박았는데 홈이 쐐기를 밀어내면 그건 밀너제예요. 심각한 거죠.
쐐기가 먹혀 들어가면 탄이나 그리피스제인 거예요. 몇 번 힘을 주어 밀어 박으면
되죠. 저는 이걸로 바칼로레아 시험을 치른 셈이죠. 사회의 요청에 의해 자기도
모르게 재능을 가진 사람이 되는 거예요. 이렇게 아는 게 많아도 저는 실력있는
도둑은 아니에요. 사실 소명감이 없거든요. 저는 악한 마음이 없어요. 저는 기꺼이
나라를 떠나려는데 경찰이 그걸 원하지 않아요. 엄중한 감시가 나를 지키며 이렇게
말해요. "너는 이미 그 길로 들어선 거야, 그걸 부인할 수는 없지. 사회가 너를 애써
도둑으로 만들었으니 그걸 부인할 생각은 하지 마. 그 상태로 그냥 있으면 되는
거야." 거기에 내가 대항하는 중인 거죠. 그래서 도피 중인 거예요.
(몽상한다.)
들라보 씨. 왜 경찰청장이 바뀌었나요? 간신히 길들여 놨더니 바로 바뀌네요.
저번에는 그저 짓궂은 분이었는데 이번 분은 사람을 못살게 하는 취미가 있어요.
예전 청장은 앙글레스 씨였는데 이번에는 들라보 씨. 저는 새로운 얼굴을 싫어해요.
앙글레스 청장님은 괜찮았는데. 지금은 들라보 청장이라 뭐 할 수 없지요. 이왕
이렇게 된 거 견뎌야지요. 그 사람이 그 사람인걸요! 바뀌어서 얻는 건 없어요. 단지
그들의 흠집이 바뀌는 것뿐이지요.
내가 거듭 말하는 것을 믿고 싶으면 믿으셔도 돼요. 파리에 온 건 새 사람이 되고
사회의 자랑거리가 되고자 함이에요. 저는 평생 동안 다른 무엇보다도 계속 불행만
겪고 있어요. 그래도 내 양심은 사람들이 생각하는 그런 욕지거리를 퍼붓지 않아요.
어쨌든 좋아요. 지방에서 나를 쫓아오고, 몰아대도 좋아요. 파리에 오자마자 벌써

나를 주목하고 추격하고, 나는 숨어야 하고, 걸음아 나 살려라 도망 다니니 숨이
차서 덕이 높은 사람이 될 틈이 없겠어요. 아, 이 무슨 개 같은 운명인지! 아, 이럴
줄이야. 그래도 뭐든 착한 행동을 할 수만 있다면 바로 할 텐데. 그러면 하느님도
잘못이 있음을 인정하시겠지. 그러려면 무엇보다도 여기서 빠져나가야 하는데.
경찰이 계단으로 올라오면 나는 끝장이야. 한 이 년은 더 살게 될 거고, 감금되면
죽음이나 마찬가지지. 자, 어디에 길이 있을까? 자비로우신 하느님, 물에 빠진
불쌍한 사람에게 장대를 보내주세요! 우선 이 집 구조에 대해 생각을 좀 해 보자.
여기가 오층이지. 여기 이 계단
(올라가는 계단을 보여 주면서)
끝에는 출구가 없어. 나는 지금 하인용 계단에 있어. 더 큰 주인용 계단이 있을
거야. 주택 정면에 있는 그 계단은 주인들의 거주공간으로 연결이 되겠지.
이쪽으로는 경사진 망사르드식 창이 달린 작은 방들이 있을 거고 그 방들은 길
쪽으로 난 주인들의 거주공간과 연결될 텐데. 그럼 천장은 경사가 있다는 뜻이지.
분명히 작은 뜰로 해서 나가는 골목길이 있을 거야. 거기로 빠져나가서 달아나면 될
텐데. 지붕의 반대편으로 달아날 수 있을 거야! 그러려면 이 건물의 중심을
지나가야 하는데. 이쪽으로 가 볼까?
(중간 문 앞에서 몸을 구부리고 열쇠 구멍을 들여다본다.)
바로 저기. 안쪽으로 망사르드식 다락방과 천창이 보여. 바로 나를 위한 거지.
저기를 통해 지붕으로 나가면 뜰이 있을 거고 그러면 거리가 있고, 나는 드디어
자유의 몸이 되는 거야.
(들여다본다.)
여자가 있군. 혼자야. 젊은 여자네. 아가씨들은 못된 법이 없어.
(다시 들여다본다.)
세상에, 멋진 아가씨네! 입맛 돌게 하는 아가씨야! 어쩌면 매정한 사람일 수도
있지만 못되게 보이지는 않아. 어쨌든 선택의 여지가 없어. 부딪쳐 보자. 쉿!
(문을 가볍게 두드리자 시프리엔이 얼굴을 든다. 글라피외는 목소리를 변조한다.)
귀스타브.
(시프리엔이 고개를 돌린다. 글라피외가 문을 살살 긁는다. 목소리를 부드럽게
한다.)
알프레드.
(시프리엔이 의자에서 일어나 귀를 기울인다. 글라피외가 다시 한 번 문을 긁으며
목소리를 한층 더 부드럽게 한다.)
오스카.

시프리엔 에드가르 씨세요?

글라피외 (방백)

에드가르였어! 나는 오스카라고 했는데. 몸이 단 상태니까.

(소리 높여 애정이 깃든 목소리로)

맞아요, 에드가르예요.

시프리엔이 문 쪽으로 다가와 열어 주고는 놀라서 뒷걸음질을 친다.

글라피외 (입에다 손가락을 대고 웃으며)

쉿! 정말 아름다운 아가씨. 선행을 한 번만 베풀어 주세요.

시프리엔 아, 하느님!

글라피외 아름다운 얼굴에는 선행이 어울리죠.

시프리엔 아, 하느님, 하느님!

글라피외 아가씨, 우선 저는 에드가르 씨가 아니라고 말씀 드리죠. 무엇보다도

아가씨가 이 고백을 듣고도 나를 믿어 줘야 하는데.

시프리엔 누구세요?

글라피외 (웃으면서)

별 볼 일 없는 사람이죠. 그러나 선량한 남자입니다.

시프리엔 아저씨….

글라피외 아가씨, 고마워요. 일단 소리를 지르지 않았잖아요. 어리석은 여자였으면

소리를 질렀을 거예요. 게다가 아가씨는 까다로운 여자도 아니군요. 고마워요.

시프리엔 겁이 나네요.

글라피외 (웃으면서)

길을 잘못 든 저를 가엾게 여겨 주세요.

시프리엔 누구세요? 뭘 원하시는 건가요?

글라피외 사회에서 소외된 기인이라고만 해 두죠. 다 말씀 드릴게요. 저를 동정하는 게

결코 바보짓이 아니라고 자신있게 말씀 드릴 수 있어요. 맹세코 후회하는 일은 없을

거예요. 저는 비밀을 지킬 테니까요. 아가씨가 소리를 지르기만 하면 저는 바로

잡히죠. 아가씨가 한마디만 해도 저는 끝장나요. 아가씨가 입을 열면 저는

파멸이지요. 제가 오히려 아가씨를 두려워할 처지예요. 그런데 제가 오히려 신뢰의

모범을 보이네요. 제 얘길 들어 보세요. 저는 도망 중이에요. 왜냐고요? 누군가

쫓아오고 있어서죠. 왜 제 뒤를 쫓냐고요? 왜냐면 제가 길에 서 있었거든요. 왜 제가

길에 있었냐고요? 길에 있어도 되는 줄 알았거든요. 제가 뭐하는 사람이냐고요?

그냥 순진무구한 사람이에요, 지금은. 그럼 전에는 뭐하던 사람이었냐고요? 아무

짓도 안 했어요. 사람들이 저에게 뭘 시키려는 줄 아세요? 별별 일 다죠. 자유롭지

못한 사람은 살아도 사는 게 아니거든요. 이게 제 인생 이야기예요. 이해가 안

되지요? 나도 그래요.

시프리엔 저기 저희 할아버지가 편찮으셔서 주무시고 계세요.

글라피외 그분께 존경과 예를 갖춥니다. 저는 할아버지들의 석이 아니에요. 손녀들의

20

친구니까요. 아가씨에게 겁을 준다면 그건 제 의지와 무관한 거예요. 저는 지금 어떻게든 친절해 보이려 애쓰고 있어요.

시프리엔 (방백)

못생겼는데 나쁜 사람 같지는 않아.

글라피외 아가씨, 집 뒤에 뭐가 있죠?

시프리엔 성당이 있어요.

글라피외 성당이라 다행이네. 사람이 사는 곳이 아니니 거쳐 가기에 좋겠군.

시프리엔 여기는 생 앙투안가(街)예요. 뒤는 생 제르베와 생 프로테 성당이고요.

글라피외 (방백)

프로테5라고! 경찰이 나를 계속 따라오고 있다는 것을 이 아가씨가 아는 걸까? 아니면 그냥 암시하는 것일까? 이렇게 젊은 아가씨가 벌써 발음을 가지고 말장난을 하다니!

(목소리를 높여)

아가씨….

시프리엔 왜 그러세요?

글라피외 아주 작은 부탁을 하려고요. 저는 사람들의 괴롭힘을 받는 한 사람으로, 저 지붕 위로 좀 지나갔으면 하는 것뿐입니다. 그러니 제가 지붕 위를 좀 걸어가도록 해 줄래요? 발끝으로 이 방을 가로질러 저 창문으로

(천창을 가리킨다)

예의 바르게 나갈게요.

시프리엔 지붕으로요!

글라피외 하느님이 꼭 이 은혜를 갚아 주실 거예요.

시프리엔 비도 오고 겨울인데 지붕 위로 가시겠다구요!

글라피외 예, 고양이처럼요. 그게 제 스타일이에요. 각자 자기 기질이 있잖아요.

시프리엔 하늘이 저렇게 시커먼데요. 눈도 곧 올 거예요.

글라피외 그건 내 잘못이 아니죠.

시프리엔 (방백)

정말 나쁜 사람 같지가 않아.

글라피외 선행 한 번 하세요. 저를 구해 주세요. 들어가 방을 건너 다시 나갈게요, 괜찮죠?

시프리엔 (방백)

나 자신도 자비가 필요한 상황인데….

(글라피외에게)

지나가세요.

글라피외 (방으로 들어와 내실 쪽으로 머리를 숙이고는 까치발로 방을 건너간다.)

보세요. 얼마나 쉬운 일인지. 얼마나 착한 일인지. 할아버지도 악몽을 꾸시거나

하진 않을 거예요. 지금 사람 목숨을 하나 구한 거예요, 아가씨.

(망사르드식 다락방에 이르러 뒤돌아본다.)

아! 혹시 누가 저를 찾으면 없다고 하세요.

(천창을 밀어 연다.)

아가씨에게 찬바람이 들어오니 빨리 나갈게요.

(창에 반쯤 발을 걸치고 방 안을 들여다보면서)

자, 됐어요. 쉿. 이쪽으로 신경 쓰는 것처럼 보이면 안 돼요. 칭찬도 금지예요.

(방백)

저 예쁜 아가씨 눈이 붉어졌네. 아, 번민하고 있구먼! 필시 사랑의 아픔 때문이겠지.

(다 빠져나와 창문을 닫으려는 찰나 머리를 안으로 넣으며, 시프리엔에게 큰

소리로)

저를 믿어 보세요.

(창문을 닫고 사라진다.)

시프리엔 (혼자서)

나쁜 짓을 했다고 생각하지 않아. 그런데 이 아저씨 꼭 꿈 같아. 아직도 떨려.

시프리엔처럼 값싼 옷을 입은 에티에네트가 들어온다.

2장
시프리엔, 에티에네트

에티에네트 혼자 있니?

시프리엔 네, 어머니.

에티에네트 할아버지는 아직 안 깨어나셨니?

시프리엔 네.

에티에네트 방금 전에 여기 있던 사람이 누구지?

시프리엔 어머니….

에티에네트 웬 목소리가 들렸는데.

시프리엔 어머니….

에티에네트 애야, 내가 할 말이 있다.

시프리엔 네, 어머니.

에티에네트 진지하게 말이다.

시프리엔 네, 어머니.

에티에네트 궁색한 처지가 난처한 상황을 유발하지. 네가 외출할 때 항상 나도
동행해야 하지만 집안일이 많다보니 그러지도 못하는구나. 어쩔 수 없이 너 혼자

나가야 하지. 어쩌겠니! 우리는 지금 궁색보다도 더한 상황에 있단다. 우리는 가난한 처지에 있고 내일은 아마 그보다 더한 단계, 심연으로 들어가는 비참한 상태에 놓이게 될 거란다. 우리 처지를 잘 알고 있지? 기가 막힌 상황인 것을. 네 할아버지는 음악수업을 하셨지. 나이도 있으신 데다 병까지 나셨어. 열도 있고 헛소리하신 지 벌써 두 달이나 되었지. 학생들은 한 명씩 떠났고 이제 더 이상 레슨은 불가능하니 빚만 남았구나. 오늘 아침에 집행관들이 오고. 네 할아버지가 깨어나시면 얼마나 놀라실까! 할아버지에겐 우리가 이렇게까지 곤경에 처해 있다는 것을 말 안 했단다. 아무것도 모르셔. 이게 우리 상황이야. 내 소중한 딸아. 나를 괴롭히는 더 속상한 일이 있었단다. 여기가 바로 네 방인데. 내가 신중하지 못했구나. 작은 계단으로 문이 하나 있는 걸 말이야. 살림살이를 다 팔아야 하니까 방에 가구를 치워야 했고 할아버지를 여기로 모시고 왔지. 내 말을 잘 들어라, 얘야. 내 가슴이 조이는 것 같구나. 우리에게 닥친 불행을 봐라. 병, 파산, 집 안에 들이닥치는 집행관, 할아버지와 나. 보다시피 우리는 너밖에 없다. 너는 나의 유일한 기쁨이자 자부심이고, 이 세상의 유일한 빛이란다. 딸아, 더 이상 우리의 고통을 늘리지 말아다오, 할아버지와 나에게 순진무구한 너라는 이 마지막 희망마저 사라지게 하지 말아다오! 부탁이다. 존경받는 너의 할아버지 생각을 해 봐. 제발 나한테 사실을 말해 주렴. 얘야, 이 계단 쪽 문을 통해 젊은이가 가끔 너를 보러 온 거지? 내가 종종 목소리를 들었다. 좋아하는 사람이 생긴 거니?

시프리엔 네, 어머니.

에티에네트 얘야, 너를 다 주면 안 된단다!

시프리엔 에드가르 마르크 씨는 아주 부유한 은행가 집에서 사무원으로 일하고 있어요. 아주 착하고 좋은 사람이에요. 고귀한 마음을 가진 분이죠. 우리는 서로 만나고 있어요.

에티에네트 아, 하느님! 이 방에서 만나 왔다고! 네가 혼자 외출해 만나고, 그도 여기로 오는 거겠지! 네 할아버지가 이 사실을 아셨다면! 이 연애를 빨리 끝내야 한다. 불길한 만남에 종지부를 찍어야 해. 그 젊은이를 더 이상 만나지 마라, 얘야. 아, 다 내 잘못이다!

시프리엔 저는 그분을 사랑하고 그이도 저를 사랑해요.

에티에네트 더 이상 만나지 말라니까!

시프리엔 어머니, 저는 그 사람과 결혼할 거예요.

에티에네트 딸아….

시프리엔 제게 약속했어요!

에티에네트 미친 짓이다! 더 이상 만나지 말라니까!

시프리엔 어머니, 어머니도 아버지를 사랑했잖아요.

에티에네트 (팔을 잡으면서)
네 아버지는 나와 결혼하지 않았다.

시프리엔 세상에!

에티에네트 가련한 내 딸아! 네가 무시무시한 내 비밀을 밝혀내고 말았구나. 네가 가는 길이 보이니까, 네 발이 디디는 곳, 무시무시한 어둠으로 인도하는 그 길을 봐야 해. 앞서간 발자국이 보이지, 그게 내 거란다. 나는 그렇게 파멸에 이르렀다. 그래, 정말 가슴 아픈 비밀이지. 아무도 모른다. 네 할아버지도 전혀 의심하지 않고 계시지. 다들 나를 앙드레 부인이라고 부르지만 나는 혼인을 한 적이 없단다. 내가 과부인 줄 알지만 나는 미혼모야. 우리는 브르타뉴 지방의 갱강시 근처에 있는 작은 도시인 샤토로드렌에 살고 있었어. 아버지는 안 계셨고 어머니는 몸이 약했지. 나도 너처럼 그이를 만났어. 미래를 믿었고 영원히 사랑할 거라 생각했지. 이런 사랑에는 망각이 붙어닥치지. 그는 가난했고 변변찮은 사람이었어. 징병되어 전쟁터로 불려 갔지. 그리곤 다시 돌아오지 않았어. 전사했을까? 그럴 수도 있지. 살아 있을까? 그럴지도 모르지. 어머니는 돌아가셨고 우리는 작은 도시를 떠났단다. 또 다른 여러 가지 일들이 있은 후에 파리로 와서 정착을 했어. 아! 정말 슬픈 이야기고 바로 네가 그 무게를 지고 있단다. 너의 아버지는 어디에 계실까? 두터운 어둠이 이야기를 덮고 있단다. 그이를 찾아보기도 했어. 그이도 나를 찾을지 모르지. 이제는 더 어쩔 수도 없으니 기다리는 수밖에. 이런 고독과 어둠 속에서 말이다. 내 딸아, 이렇게 침울한 세계로 가는 거란다. 이제 더 이상 가지 말거라.

시프리엔 어머니, 저는 그이를 사랑해요.

에티에네트 나도 그 사람을 사랑했다!

시프리엔 그이도 저를 사랑해요.

에티에네트 그이도 나를 사랑했지!

시프리엔 정직한 사람이에요.

에티에네트 그이도 진실한 사람이었지.

시프리엔 결혼을 하기엔 그 사람은 아직 너무 가난해요.

에티에네트 그이도 그렇게 말했단다.

시프리엔 그래도 그이는 결혼을 약속했어요.

에티에네트 나에게도 결혼을 맹세했었단다!

시프리엔 어머니!

에티에네트 과거가 다시 미래에 재현되는 이 불길함! 이제 내 딸 차례라니.

시프리엔 어머니, 제발 저를 좀 가엾이 여겨 주세요.

에티에네트 나에 대해서도 자비심을 좀 가지렴, 애야.

(따로 소파에 앉아 함께 운다.)

(방백)

세상에서 가장 고귀한 일인 출산을 떳떳이 할 수 없다는 건 정말 큰 고통이지. 내가 이런 상태에 놓여 있다니. 딸에게 자, 여기 네 아빠가 있다고 말할 수 없다는 것은 얼마나 수치스러운 일인가!

1막 제두아르 대대장의 집

안쪽 문 하나가 열리자 거실이 보인다. 모자를 쓰고, 검은색 옷을 입은 남자가 단추가 달린 프록코트를 입은 남자 두 명과 함께 나타난다. 에티에네트가 몸을 돌려 재빨리 눈물을 닦는다.

3장
시프리엔, 에티에네트, 스카보와 집행관들

에티에네트 (일어서며)

누구세요? 누가 이렇게 들어오는 거예요? 아, 압류집행관과 집행관들이네. 이제 그들이 집주인이지. 더 이상 우리 집이 아니란 걸 잊었어. 이렇게 비참한 일이 한꺼번에 닥치다니!

스카보 (집행관들에게 소파를 가리키며)

저 가구들을 들어내게.

에티에네트 (압류집행관에게)

집행관님, 죄송한데 제 아버지가 내실에 누워 계세요.

스카보 (모자를 벗으며)

그러시군요.

에티에네트 (스카보에게)

지금 편찮으세요.

스카보 부인, 저희는 원칙대로 하고 있습니다. 저는 생-마르크-페이도가(街)의 은행가인 생-앙드레 드 푸엔카랄 남작의 명의로 집행할 뿐입니다.

에티에네트 아시다시피 환자가 잠들어 있다고요!

스카보 압류에 대해 통보를 받으셨을 텐데요. 결제대금이 없으신 거죠?

에티에네트 게다가 노령이세요.

스카보 압류하지 않고 그냥 가면 좋겠습니다만 저도 결제금 또는 압류물 매각대금이 필요한 상태라서요. 공공직무를 수행하는 관리들은 매각물을 처분하고 업무대금을 받지요. 단, 침대와 입고 있는 옷은 제외됩니다….

에티에네트 안타깝게도 제겐 그런 돈이 없어요.

스카보 또 일하는 데 필요한 도구는 제외해 드립니다. 저희는 가능한 한 조용히 진행할 예정입니다. 그래도 가구들을 거실로 옮겨야 합니다. 거기서 공매에 부쳐질 겁니다. (집행관들이 소파, 테이블, 벽에 걸린 액자들을 들어내 옆의 거실로 옮긴다. 계속 들락거리면서 가구를 하나씩 옮긴다. 방은 차츰 비어 간다.)

에티에네트 압류집행관님, 제 말 좀 들어주세요. 아버지는 압류가 있고 곧 공매처분될 거라는 걸 모르세요. 열이 높아 벌써 칠 주째 저렇게 자리를 지키고 계세요. 아버지는 부유했던 분이라 빈궁함이 무엇인지 모르세요. 우리가 얼마나 기막힌 상황에 있는지 좀 보세요.

스카보 (집행관들에게)

조용히 진행하세요.

(에티에네트와 시프리엔은 얼이 빠진 채 집행관들이 방을 비우는 것을 본다. 집행관 한 명이 벽에 붙어 있는 식기장 쪽으로 다가간다. 식기장 위에 작은 궤가 하나 놓여 있다.)

이거 불이 제작한 궤네요.

에티에네트 그 궤는 놔두세요!

스카보 부인, 이 궤도 압류 증서에 포함되어 있습니다. 채권자의 담보물에 해당되기 때문에 어쩔 수 없이 공매처분해야 합니다.

에티에네트 궤는 몰라도 그 안에 있는 것들은 놔두세요.

스카보 그 종이들은 뭡니까?

에티에네트 저희 가족에 관한 거예요. 편지들이죠.

스카보 가치가 있는 것들은 아니죠? 그럼 간직하셔도 됩니다, 부인.

에티에네트는 코르셋 깊숙이 간직한 열쇠를 꺼내어 궤를 열고 빛바랜 핑크색 리본으로 묶인 종이와 편지 묶음을 꺼낸다. 종이 뭉치를 가슴에 꼭 안고는 하늘을 향해 시선을 돌린다. 집행관이 빈 궤를 들어낸다. 에티에네트가 식기장 위에 종이 뭉치를 내려놓는다.

에티에네트 감사합니다. 압류집행관님.

스카보 법에 감사하세요. 법은 압류 시에도 가족과 관련된 서류 등에 대해서는 예외를 인정하지요.

(집행관들에게)

피아노도 내가세요.

에티에네트 (시프리엔에게 낮은 목소리로)

그 남자를 더 이상 만나지 않겠다고 약속해다오.

시프리엔 어머니!

집행관들이 피아노를 옮기려고 한다. 에티에네트가 돌아본다.

에티에네트 오, 하느님, 피아노! 아버지가 깨어나시면 뭐라고 하실까! 일어나시면 항상 피아노 앞으로 먼저 가시는데!

(압류집행관에게)

피아노를 놔둬 주세요, 집행관님.

스카보 저도 어쩔 수가 없습니다. 피아노는 값이 나가는 거라서요.

에티에네트 그럼 가능한 한 오래 여기에 놔둬 주세요. 아직 가져가지 마세요.

스카보 그럽시다, 부인. 피아노부터 처분하지 않을 수는 있습니다. 나중에 하도록
하지요.

스카보가 인사를 하고는 집행관들과 안쪽의 문을 통해 사라진다. 시프리엔은 내실로
가서 커튼을 걷고 자고 있는 할아버지의 머리 밑으로 베개를 정리해 준다. 에티에네트는
무대 앞 식기장 쪽에 서서 종이를 묶은 리본을 푼다. 편지 하나를 골라 혼자 조용히
읽는다. 눈물이 떨어진다. 그 사이 천창의 유리문이 열린다. 글라피외가 머리를
안쪽으로 내민다.

4장
시프리엔, 에티에네트, 글라피외, 그리고 루슬린과 압류집행관

글라피외 (천창에 머리를 대고)
다시 들어와야겠어, 길에 아직도 경찰관들이 있으니. 이 훼방꾼 공무원들은 절대
국가를 상대로 도적질을 안 하지. 참 양심적으로 추적을 해. 그래도 눈이 오기
시작했으니 저러다가 가 버리겠지. 그동안 집 안에 있는 게 훨씬 나아. 지붕을
살펴봤고 어떻게 내려갈지 봐 뒀으니, 경찰이 떠나면 달아나기 수월할 거야. 성당은
아주 유용한 곳이지. 기다리면서 여기 작은 방에 숨어 있으면 돼.
(작은 방으로 뛰어내린 후 창문을 살살 닫는다. 열려 있는 문틈으로 방 안을 보다가
에티에네트를 발견한다.)
웬 부인이 있네. 두번째 여자야. 어머니겠지. 아직도 아름답군. 오래된 사랑의
아픔이 있나 보네. 서른여덟인데 마흔다섯은 되어 보여. 안녕, 어머니!
(방 안을 둘러본다.)
이상하네. 가구가 더 있었는데.
(계속해서 돌아본다.)
이게 바로 내가 말하는 부자인데 가난한 사람들인 거지. 「부유와 가난(Luxe et Indi-
gence)」.[6] 이 연극이 오데옹 극장에서 상연 중이지. 몰락인 거야. 전에는 부유했는데
말이야. 꽃이 피던 시골인데 십이월에 보는 느낌이랄까. 가난, 그건 바로 겨울이지.
암튼 나는 무언가 뒤에 숨어야 하는데. 이 도망자를 숨기자. 사회를 상대로
숨바꼭질하는 건 한 젊은이를 유치하게 만들지.
(옷걸이에 걸려 있는 옷을 발견한다.)
이 초라한 옷들이 도움이 될 거야. 정말 그래. 그나저나 이 사람들이 불행해 보여.
이대로 두고 갈 수는 없어. 옷 안에 몸을 움츠리고 있으면 돼. 이 울퉁불퉁한 몸매에
잘 맞을 거야. 옷 안으로 들어가자.

(옷에 몸을 숨긴다. 머리와 발만 보인다. 그의 눈길이 옷에 머문다.)

아, 가련한 옷들, 정말 빛이 바랬군. 처음엔 치마였다가 나중에는 걸레가 되는 거지.

(자기 발을 바라본다. 신발이 낡아 앞이 터져 있다.)

조심해야지. 사람들이 내 무도화[7]를 볼 수도 있어.

(옷 한 벌을 떨어뜨려 발을 감춘다.)

이러면 괜찮겠지.

(시프리엔을 바라보며)

착한 아가씨, 에드가르와 결혼할 거예요. 이건 확실해요.

에티에네트 (읽던 편지를 식기장 위에 놓고 풀어진 편지 뭉치를 뚫어지게 보면서)

아, 나의 젊은 시절! 모든 나의 기쁨과 고통이 여기에 있네! 그이는 어디에 있는 것일까? 아, 그 시절은 어디에? 가여운 내 딸!

안쪽 문이 열리며 루슬린이 나타난다.

글라피외 (루슬린을 발견하고는)

대머리 남자가! 여자들만 있는 이곳에! 조심해야 돼.

번쩍이는 대머리와 주름진 관자놀이에 수염이 희끗거리는 루슬린이 모자를 손에 들고 코안경을 쓰고는, 젊은이들처럼 최신유행하는 옷과 과도한 보석, 장식물로 치장을 한 모습으로 들어온다. 숨어 있는 글라피외는, 필요에 따라 더 잘 보기 위해 또는 잘 숨기 위해, 머리를 앞으로 내밀거나 뒤로 빼며 든다. 시프리엔은 앉아 다시 바느질을 시작하지만 깊은 생각에 잠겨 있는 듯하다.

루슬린 (방 안쪽 벽과 가구를 바라보면서)

아, 그러고 보니 이 방에는 한 번도 들어온 적이 없군. 압류집행관과 집행관들이 들어와 있는 집은 출입이 편해서 좋지.

(시프리엔을 알아본다.)

어이! 시프리엔.

(추파를 던진다.)

저 아이는 어쩜 저렇게 예쁠까!

에티에네트 (몽상에서 깨어나며 루슬린을 알아본다.)

루슬린 씨세요?

루슬린 부인을 찾고 있었지요.

에티에네트 신의 섭리로 당신이 여기에 오셨네요!

글라피외 뭐라고, 신의 섭리라고? 나도 한번 섭리라는 것의 면면을 보고 싶구먼.

에티에네트 루슬린 씨, 당신은 제게 벗과 같은 분이죠. 아버지가 신임하는 분이시기도 하구요. 아버지가 어려울 때 많이 도와주셨죠. 아버지의 자산 관리인이신 셈이니 우리 상황을 잘 아시겠죠. 저희 집에 불행이 닥쳤어요. 아버지 수업은 다 없어졌고 이제는 두세 명의 학생만 남았어요. 아버지는 어려움이 닥칠 걸 알고 계셨어요. 그리고는 절망하시더니 병에 걸리셨죠. 벌써 두 달째 열이 나고 헛소리를 하세요. 몇 천 프랑, 사실 사천 프랑이 조금 안 되는 빚 때문에 오늘 차압당하게 되었어요. 압류집행관이 와 있고 오늘 아침부터 저희 가구를 처분하려 했어요. 아버지는 아무것도 모르세요. 다행히도 지금 주무시고 계세요. 깨어나셔서 압류집행관과 집행관들을 보시게 되면 정말 비극이에요…. 아, 하느님! 아마 돌아가시게 될지도 몰라요. 루슬린 씨 저희를 구해 주세요.

루슬린 부인, 남을 돕는 게 제 삶의 신조입니다. 덕을 베푸는 게 저의 가장 큰 기쁨이기도 하지요. 인간에게 가장 중요하고, 변치 않는 요소가 있다면 그것은 양심입니다. 하늘에 계신 아버지 앞에 도착했을 때, "지상의 사람들을 많이 돕다 보니 그들이 제게 빚진 게 많답니다"라고 말할 수 있는 자는 행복한 사람입니다.

글라피외 너 정말 악당 놈이구나.

루슬린 저는 평생 건전한 박애주의의 지배를 받아 왔답니다. 많은 어려움을 겪고 땀을 흘린 결과 오늘날 이 자리에 있게 되었지만, 그런 고통과 땀 속에서도 불운을 겪는 사람들을 도와야 한다는 위대한 의무를 저버린 적이 없습니다. 그래서 하느님이 저를 축복하여 오늘날 이런 넉넉함과 제가 직접 오픈한 사무실, 시내의 작은 저택, 시골에는 별장과 파리에는 세를 준 대여섯 개의 아파트, 멋진 식사, 세 명의 하인과 말, 마차를 누리게 해 주신 거지요.

글라피외 (방백)
아, 불쌍한 아가씨!

루슬린 부르봉 왕가의 왕정복고 이후에 왕권으로 질서가 확고해지고 교회를 더 숭배하게 되면서 제 사업은 더욱 번창했죠.

글라피외 (방백)
이미 듣던 말이야. 나폴레옹 치하에서도 그렇게 말했지. 하긴 같은 이야기지, 모두 다 왕을 위한 거니까.

루슬린 (계속한다.)
프랑스는 영광의 길을 재현하게 되었고, 왕당파를 따르면서 공공 번영의 근원을 되찾은 거죠.

글라피외 (방백)
이미 들어 본 소리지. 황제가 있던 시절에도 하던 소리야. 왕정에서도 재탕을 하는구먼.

루슬린 우리가 부귀영화를 누리게 된 것은 왕위 찬탈자에게서 우리를 해방시켰으며, 종교와 미풍양속에 근본을 둔 법치 속에서 영광과 선의를 결합한 정당한 왕권 덕분이죠.

글라피외 (방백)

나는 저런 말 차마 입에 못 담을 거야. 아무튼 멋진 문장이긴 해.

루슬린 왕정 덕분에 나의 재산이 형성되었죠. 그런데 부인, 재산이 있어도 저는 아직 독신입니다. 제 사업영역은 상당합니다. 고객도 대단하지요. 파리에 있는 스페인 대금융가 드 푸엔카랄 남작 같은 분은 개인 자산이 천오백만이나 됩니다.

에티에네트 드 푸엔카랄 남작이라구요? 그럼 저희를 한번 크게 도와주실 수 있겠네요. 아버지에게 들어온 차압이 바로 남작님의 채권 때문이에요. 아시다시피 여자들은 사업에 대해서 잘 모르고, 은행가도 잘 모르지요. 그런데 그 이름은 들은 것 같아요.

(머리를 돌리면서)

아, 하느님! 아버지가 신음하시는 듯하네요.

(에티에네트가 내실 쪽으로 가더니 커튼을 열고 잠든 노인을 바라본다. 루슬린은 바느질하는 시프리엔에게 다가간다.)

루슬린 자, 아가씨, 재미있으신가? 그 나이의 즐거움을 누리고 있나? 아픈 할아버지와 있는 건 좀 지겨울 텐데? 머리라도 좀 식혀야지. 나랑 공연이나 무도회에 갈까? 오페라 코미크에서 페이도의 「이총사(Les deux mousquetaires)」가 연극으로 상연 중인데 아주 인기가 좋지. 잘생긴 르모니에와 라뢰이에드가 주인공이고.

(노래를 부른다.)

　　　나는 얼었어, 나는 얼었어, 나는 얼었어.

　　　악마에게 계절을 줘 버려.

멋지지 않소? 꼭 봐야 하지. 그럼 「나는 직접 익살극을 해(Je fais mes farces)」의 주인공 포티에는 봤소?

시프리엔 (고개를 들며)

루슬린 씨….

글라피외 (루슬린을 관찰하며)

(방백)

아, 저 웃음! 흡혈귀의 이빨이야. 그래도 외모는 선량해 보이네. 체격이 좋고. 얼굴만 보면 법 없이도 살 것 같아. 저 얼굴은 대단해. 부르주아 복장을 한 국민병의 모습이랄까. 대단해. 그런데 뚱보야. 난 말이야, 이상하게 뚱뚱한 시민을 항상 조심해 왔지. 그 이유를 누가 좀 설명해 주면 좋겠네.

루슬린 (시프리엔의 바느질을 유심히 보며)

선녀의 손길이군. 포티에는 꼭 봐야 해, 아가씨. 「의자의 짚을 갈아 넣는 사람(Rempailleur de chaises)」에 나오는 티에르슬렝도 봐야 하고. 나는 「몽유병자(La Somnambule)」가 더 좋더군. 감성적인 작품을 좋아하는 편이지. 누구나 멜랑콜리한 데가 있는 법이거든.

글라피외 (방백)

얼굴이나 좀 창백하면 어울리기나 하지!

루슬린　나는 정말 다정다감한 사람이야.

글라피외　(방백)

저런 놈팡이가 있나!

루슬린　누구나 감정은 있지, 나처럼 마흔아홉 살이라 해도 말이야.

글라피외　(방백)

저치가 마흔아홉이라고! 그럼 오십과 뭐가 달라!

루슬린　아가씨, 그 나이에 그렇게 예쁘고 아름다우면 세상의 모든 즐거움을 누려야 해. 가장 멋진 옷, 장신구, 모든 것을 누려야 하지. 집안일을 하면서 보내기엔 아깝지. 모든 남자들의 마음이 당신을 향해 있으니 그들만 지배하면 돼. 지금 아가씨는 내부에서 깨어난 연정이 감미로운 흥분들을 불러일으키고 흔적을 남기는 그런 인생의 시기에 있지…. 아가씨, 사랑을 해야 해.

글라피외　(방백)

숲 속에 울리는 피리처럼 감미롭네.

루슬린　가정교육을 잘 받은 여성이 이성관계에 신중을 기하고 명예를 관리하려면, 새파란 젊은 남자보다는 사회적 위치가 있고, 경제적으로도 여유가 있고, 딸린 가족도 없이 자유로우며 삶의 경험을 통해 여성을 다룰 줄 아는 남자가 낫지.

글라피외　(방백)

아, 갑자기 저 더러운 놈 때문에 이빨이 나오는 것 같아. 송곳니가.

루슬린　당신은 아름다워. 행복할 권리가 있어. 아가씨, 정말 진심으로 말하는 거야.

글라피외　(방백)

이 끔찍한 소리를 들어야 해.

루슬린　아, 아름다운 시프리엔….

글라피외　(방백)

넌 너무 뚱땡이라 안 돼. 뭐라고 해도 느낌이 안 와.

루슬린　아름다운 시프리엔, 그대는 천국에 갈 사람이지. 그대는 세상의 모든 기쁨을 누리려 태어난 사람이야. 어제 오페라에서 당신보다 아름답지도 않으면서 이십오 센티미터나 되는 담비털을 두른 벨벳 드레스를 입고 머리에 에메랄드 장식을 한 여자를 봤지. 당신이었다면 얼마나 매혹적이었을까!

글라피외　(방백)

이브군. 루슬린은 선악과를 들고 있고.

에티에네트　(커튼을 내려놓으며)

아버지는 아직 주무셔. 깊이 잠드셨어. 아, 사랑하는 아버지. 아버지 건강이 내게는 정말 소중해요.

(다시 루슬린 쪽으로 온다.)

루슬린 씨, 좀 전에 대부호이신 드 푸엔카랄 남작에 대해 이야기했죠….

루슬린　님작도 제 고객이라고 했죠.

에티에네트   그게, 바로 그분이 저희 아버지의 채권자라고 하네요. 제가 잘못 알고 있는 게 아니라면, 남작 명의로 압류가 진행되었어요.

루슬린   제가 압류집행관을 만나기를 바라시는 거죠?

에티에네트   오, 감사합니다. 저희를 구해 주실 줄 알고 있었어요.

(열려 있는 안쪽 문으로 다가간다.)

압류집행관님!

(스카보가 나타난다.)

스카보   아, 루슬린 씨!

(인사를 한다.)

루슬린   스카보 씨, 저랑 이야기 좀 하시죠.

(스카보가 다가온다. 에티에네트와 시프리엔은 무대 뒤로 물러난다. 루슬린과 스카보가 정면으로 나온다. 글라피외는 애타게 귀를 귀울이고 그들의 이야기를 엿듣는다.)

글라피외   (방백)

저게 압류집행관이야? 검은 양복과 흰색 타이만 매면 바로 신사가 되는구면!

루슬린   (스카보에게)

목소리를 낮춥시다.

(글라피외가 머리를 내민다.)

스카보   (낮은 목소리로)

루슬린 씨, 요청하신 대로 압류물을 다 확보했어요.

루슬린   전부요?

스카보   네, 전부요. 현재 당신이 이 압류물의 유일한 권리자죠.

루슬린   비밀도?

스카보   비밀도.

글라피외   (방백)

압류집행관이 조수였구면. 나는 항상 혼자 일하지. 나는 조수가 없어.

스카보   사실은 선생을 위한 일이었지만 은행가인 드 푸엔카랄 남작이 시킨 것으로 하고 있어요. 계속 이렇게 할까요?

루슬린   당연한 소리를! 그럼요. 내 이름이 드러나면 안 돼요.

스카보   알아들었습니다.

루슬린   알아듣는 것으론 안 돼요. 확실하게 이해해야지요. 당신, 솔직해집시다. 당신 사무실을 구입하는 데 자금을 댄 사람은 나요. 왜 그랬겠어요? 왜냐면 내 일만 하는 압류집행관이 필요해서죠. 나는 불법을 저지른 적도 없고 그럴 리도 없지요. 하지만 때로는 사업이 좀 복잡한 경우가 있단 말이죠. 내 말을 확실하게 이해하길 바라요. 모든 사업에는 가시적인 면과 이면이 있기 마련이죠. 여기서 보이는 면은 백만장자인 은행가 드 푸엔카랄 남작이죠. 남작은 믿을 만한 금융관리인에게 자본의 유입, 미결처리채권, 만기관리, 거절 증서, 대출 결정, 압수, 압류, 공매 등등의 귀찮은 재정관리를 맡기고 대저택에서 편안한 시간을 보내고 있죠. 저택 안에서 일하는 대리인들은 각각 일종의 작은 영역들을 담당하고 있고 남작은 부자가 되는 것에 만족하며 초연하게 살고 있어요. 그 이면은 금융관리인인 바로 나요. 무슨 말인지 잘 이해했죠? 보시다시피 내가 재산을 제법 모았지 않소? 그러니 내 말 잘 들어요. 당신에게도 한 재산 만들어 줄 테니.

스카보 저는 귀머거리가 아닙니다.

글라피외 (방백)
귀머거리가 아닌 사람이 둘이 되는군.

루슬린 그리고 불법인 것은 없소. 우리의 청렴함에 문제가 되는 일은 없다는 말이요. 엄격하게 법을 존중하는 것이 훌륭한 시민의 의무죠.

글라피외 (방백)
페르-라세즈 묘지에 이 남자의 묘비명으로 쓰면 딱 좋을 말이네, 거참!

루슬린 나랑 사업을 하면 염려할 일은 절대로 없을 거예요. 나는 신중한 사람이니까. 법을 따른다는 것은 수완과 정직성 두 가지를 필요로 하지. 우리는 숲에 숨어 있는 도둑이 아니란 말이요.

글라피외 (방백)
아! 법 근처에 있다고!

루슬린 부정직과 서투름은 바로 사기행위가 되는 거예요. 헌데 우리는 사업가요.

글라피외 (방백)
사기와 사업은 동의어지.

스카보 (머리를 숙여 인사하며)
그럼 이제 이 일 관련해서 다음 단계는 어떻게 할까요? 압류공매를 진행할까요? 오늘 한다고 공고는 되어 있습니다.

루슬린 법적인 절차는 제대로 진행되었죠?

스카보 공매만 남아 있죠. 일반인들이 도착하기 시작했어요. 공매는 바로 옆방인 거실에서 진행됩니다.

루슬린 여기 바로 옆에서 말인가요?

스카보 네, 그렇습니다. 명령만 주시면 됩니다. 바로 공매에 들어갈까요?

루슬린 지금부터 한 시간 후까지 내가 별다른 이야기를 안 하면 공매 진행하세요.

스카보가 인사를 하고 안쪽 문으로 나간다.

에티에네트 (다시 등장하며)
어떻게 되었나요?

루슬린 뭐 어떻게 해 볼 도리가 없네요.

에티에네트   공매가 시작되는 건가요?

루슬린   조금 있다가요.

에티에네트   우리는 정말 곤경에 처하게 되었네요.

루슬린   그렇게 생각하세요?

에티에네트   아, 가여운 아버지! 깨어나시면 얼마나 놀라실까! 뭐라고 하실까? 게다가 몸도 저렇게 안 좋으신데. 이 일로 돌아가시게 될 거야. 공매는 결국 진행될 거고!

루슬린   아니면….

에티에네트   아니면?

루슬린   잘 들어 보세요.

(주위를 돌아본다. 어머니가 눈짓하자 시프리엔이 내실로 들어가 커튼을 친다. 루슬린은 주머니에서 금으로 된 담배갑을 꺼내며 의자에 앉는다.)

루슬린   (열린 담배갑에 엄지와 검지를 넣으며)

열정이라는 건 정말 멋지죠. 삼십오 년 전에, 그러니까 당신이 태어나기 이 년 전쯤에 프랑스 혁명이라는 큰 사건이 터지죠. 적군은 국경을 넘기 직전이고요. 프랑스 전역에서 '무기를 들라!'는 소리가 울립니다. 자원입대를 한 군인들이 의용군으로 모입니다. 젊고, 부자고, 부르주아의 좋은 가문에서 출생한 데다 교육을 받고 화가이기도 하고, 음악가이기도 한 젊은이, 이미 결혼하여 아이를 하나 둔 젊은이가 영웅이 될 기회를 포착합니다. 그는 입대를 하죠. 그가 사랑하던 부인과 그렇게 애지중지하던 두 살 된 딸도 그의 의지를 막지 못합니다. 조국을 위해 가족을 희생해야 할까요? 자, 이제 그는 군인이 되었어요. 전투에 참여합니다. 프러시아, 오스트리아, 러시아군을 무찌릅니다. 병사에서 소위가 되고 몇 달 만에 대대장이 됩니다. 그리고 어느 날 장군이 되었냐고요? 아니요, 포로가 됩니다. 이탈리아에서 수바로프 장군에게 잡혀 시베리아로 보내집니다. 십구 년을 거기서 보내죠. 프랑스가 유럽과 평화회담을 할 때까지요. 유럽과 프랑스가 평화를 찾은 후 포로반환이 있고 그는 돌아옵니다. 파괴된 공화국, 사라진 재산, 계급은 잃고, 부인은 죽고, 다 큰 딸아이는 결혼을 하지 않았는데도 딸이 딸려 있습니다.

에티에네트   루슬린 씨!

루슬린   계속하죠. 가지가 부러졌던 가족이 다시 만납니다. 늙어 버린 아버지는 딸을 얼싸안고 울며 진심으로 기뻐합니다. 아버지로서 당연하지요. 딸은 아버지에게 자신이 과부 앙드레, 앙드레 부인이라고 불린다고 이야기합니다. 아버지가 돌아가신 줄 알고 어머니의 동의만으로 결혼을 했다고 합니다. 아버지는 믿습니다. 별로 알아보지도 않죠. 아마도 진실을 알게 될까 봐 두려웠는지도 모르죠. 아무튼 딸이 둘이 된 셈이죠. 바로 이 두 딸을 애지중지합니다. 그런데 어떻게 해야 할까요? 아버지는 무일푼입니다. 수용소, 감옥에서 돌아온 그는 헐벗은 상태나 가난, 빠듯한 삶에 익숙해져 있습니다. 혼자라면 별 문제가 안 되죠. 그러나 아이들에게 그런 삶을 살게 하고 싶지는 않지요. 선동가로서 모순적인 자세죠. 또 자식들이

여자들이니까요. 여성들의 비참한 삶은 더욱 끔찍합니다. 재산을 다시 일구는 건 불가능한 일이지만 그는 재능이 있었죠. 음악선생이 되기로 합니다. 그런데 어떤 이름을 써야 할까요? 본명? 아니면 제두아르 대대장? 절대로 안 돼죠. 산속에서 활약하던 의용군 대대장 제두아르, 유명할 정도로 과격한 공화파였던 그는 정치적으로 위험한 과거가 있죠. 숨어 지내는 것이 현명한 정도가 아니라 그럴 수밖에 없었죠. 이탈리아어를 조금 하는 그는 이탈리아인 행세를 합니다. 게다가 이탈리아인은 대부분 음악가나 마찬가지니까 학생들이 모여듭니다. 제두아르는 제두아르이기를 포기하고 추키모가 됩니다.

에티에네트 어떻게 알았죠? 누가 이야기했나요?

루슬린 제두아르의 인생사는 바로 추키모이지요. 추키모의 이야기는 바로 제두아르이고요.

에티에네트 아버지!

루슬린 두 사람으로 산 거죠. 프랑스인 대대장과 이탈리아인 음악가로 말입니다. 세상에서 가장 정직해 보이는 사람이 악당처럼 숨어 있는 거죠. 저는 그의 자산 관리인입니다. 신임하는 사람인 거죠, 부인. 여러 가지 곤란이 겹치자 제게 모든 것을 털어놓으셨지요. 자산 관리인의 사무실은 고해실과 같습니다.

에티에네트 그런데 아버지가 모르는 일을 어떻게 당신이 알고 있나요?

루슬린 부인에 관해서 말입니까?

에티에네트 (머뭇거리며)

네.

루슬린 제가 추측한 것이었습니다.

(에티에네트가 눈을 내리간다. 루슬린은 계속한다.)

정직해 보이는 이 집에는 두 개의 가명이 존재해요. 추키모 음악선생은 가면이고, 과부 앙드레 여사는 베일이죠. 다시 말하죠.

(깊은 생각에 잠긴 듯한 에티에네트를 바라보며)

제 말을 더 이상 듣지 않는 듯하네요.

글라피외 (옷걸이에 걸린 치마 사이로 조심스럽게 머리를 내밀면서)

(방백)

상관없어. 나는 듣고 있거든, 루슬린 선생.

에티에네트 (공손하게)

하나도 놓치지 않고 듣고 있어요, 루슬린 씨.

루슬린 (코담배를 조금 쥐고 털면서)

추키모라고 개명하고, 음악선생이라고 알리는 것만으로는 아무것도 안 되죠. 그걸 활용하는 방법을 모른다면요. 성공하지 못하는 방법은 있으나 마나죠. 의지만으로 되는 것이 아니라 노하우가 있어야 되지요. 음악 레슨을 하려면 그럴듯한 간판이 필요해요. 돈 내고 레슨을 받는 학생이 필요하지요. 다락방에서 레슨을 하면 배곯기

딱 좋지요. 살롱에서 레슨을 하게 되면 사교계 사람들이 와요. 같은 선생인데 걸어오면 삼십 수짜리, 마차를 타고 오면 일 루이짜리 레슨이 되는 거죠. 부자가 되려면 가난해 보이면 안 돼요. 외양은 존재를 조건 짓게 돼요. 멋진 상품들이 진열되어야 하는 거예요. 사람들의 눈에 금가루를 씌워야 해요. 대대장은 그것을 이해하지요. 대기실과 거실, 뒤쪽에는 망사르드식 방도 있는, 일반인들을 위한 게 아닌 멋진 건물의 오층을 임대하고 가구를 넣지요. 레슨이 많아졌다가 줄어들고 그러다 거의 없어졌지요. 대대장은 건강이 좋지 않았죠. 수형생활을 한 사람이니까요. 십팔 년간의 수형생활은 흔적을 남기게 마련이죠. 지출은 자꾸 늘어나고, 수입은 줄었지요. 빚이 쌓이기 시작한 거죠. 대대장은 병이 들어요. 그리고 요약하면 오늘 모든 게 끝장난 거죠. 오늘 아침에 사천 프랑 정도를 상환했어야 하죠. 아니면 한 시간 후에 가구가 처분돼요.

에티에네트 정말 최악의 상황이에요.

루슬린 그걸로 끝이 아니지요.

에티에네트 끝이 아니라뇨?

루슬린 아닙니다.

에티에네트 또 무슨 일이 있나요?

루슬린 오늘은 사천 프랑 때문에 압류를 했지만 모레는….

에티에네트 모레는요?

루슬린 추키모 씨가 서명한 어음 이만오천 프랑의 만기일이죠.

에티에네트 이만오천 프랑!

루슬린 이만오천 프랑.

에티에네트 날벼락 같은 소리네요! 이만오천 프랑이라니! 오, 하느님!

루슬린 몇 년 전부터 누려 온 이 가구들이며, 비싼 월세, 안락한 삶, 품위있는 생활은 하늘에서 떨어진 게 아니죠. 제가 중개를 해서 부인 아버님이 이만오천 프랑을 대출 받으신 거랍니다.

에티에네트 세상에. 말문이 막히네요. 완전히 침몰하는 거군요.

루슬린 아버님께서는 따님이 안락한 삶을 누리길 바라신 거죠.

에티에네트 비참한 생활이 나을 뻔했네요.

루슬린 아, 그 말씀에 저는 동의하지 않습니다. 아버님과 같은 생각이지요. 여성은 행복해야 하는 존재입니다. 행복하려면 부유해야지요. 십팔 세의 아름다운 얼굴에 값싼 원피스와 거친 신발은 어울리지 않아요. 아름다워야 하는 게 바로 여성 여러분의 의무입니다. 촛불 아래에서 스타킹을 깁다 보면 눈을 버려요. 바늘에 찔린 손가락도 보기 흉하지요. 자고로 여성이라면 비단, 벨벳, 레이스를 두르고, 보석에, 숲에 가기 위한 마차, 공연장엔 지정석이 있어야지요. 여성은 이 모든 것을 다 누려야 해요. 젊음은 한 번 지나가면 다시 오지 않아요. 이팔청춘이 두 번 오는 것은 아니지요. 아름다운 아가씨에게는 이런 비용을 부담하는 사람이 있어야 해요.

그래서 삶의 중압감을 느끼지 않게 말이죠. 아가씨는 젊고, 즐겁고, 매력적이면 되는 거죠. 다른 누군가가 그 비용을 부담하는 법입니다. 그게 아버지면 다행이고, 아버지가 아니면 다른 사람이 있어야지요. 유일하게 중요한 건 아가씨가 노래하고, 웃고 즐기는 거예요. 그게 바로 제 인생관입니다. 우매함이 시작하는 곳에서 부덕(婦德)은 끝이 나지요.

에티에네트 (생각에 몰두하느라 루슬린의 말을 듣지 못한다.)
이만오천 프랑! 어디서 이만오천 프랑이 나지?

루슬린 저는 양심적인 사람이니 모르는 일이 없도록 다 이야기해 드리지요. 부인의 아버님이 지금처럼 맥박이 백이십 번씩 뛰고, 열이 나는 상태로 계속 계시지는 않을 테니 정신을 되찾으시면 말하실 겁니다. 아버님이 채무이행능력이 없는 건 아닙니다. 이만오천 프랑은 지불될 수 있습니다.

에티에네트 아, 감사합니다! 얼마나 무시무시한 짐을 덜어 주시는 건지 모르실 거예요!

루슬린 아버님이 프랑스에 돌아왔을 때 완전히 파산한 상태였지요. 단 유효한 삼만 프랑의 채권을 제외하고는요. 제게 그 채권의 이자를 부탁하셨지요. 삼만 프랑의 채권을 담보로 이만오천 프랑을 빌려 드렸습니다. 어음은 추키모 명의로 되어 있지요. 그리고 저는 아버님이 받아야 할 채권금액을 환수해 드렸습니다. 제두아르 대대장은 제게 위임장을 주어 전권을 위임했습니다. 제 손으로 삼만 프랑의 채권을 환수하여 드 푸엔카랄 남작의 금고에 넣었지요. 아시다시피 제가 남작님 업무를 보고 있으니까요….

글라피외 (방백)
저런 순진한 자백을 하다니. 나도 심장이 뛰네. 저자가 야바위꾼이 아니라면 내가 오히려 도둑맞은 사람이라고 해도 되겠어.

루슬린 (계속한다.)
이렇게 삼만 프랑이 고스란히 금고에 있죠. 추키모의 대출금은 지불될 수 있습니다.

에티에네트 당신이 구세주라고 제가 그랬지요! 그럼 오늘 압류도 막을 수 있겠네요.

루슬린 그렇지요. 게다가 압류는 드 푸엔카랄 남작의 명의로 진행되고 있으니까요. 이건 그냥 디테일일 뿐이구요. 추키모의 대출금에 대해 이야기해 봅시다. 이틀 후면 만기가 됩니다.

에티에네트 그런데 아버지가 돈을 가지고 있으신 거잖아요.

루슬린 꼭 그런 건 아니지요. 돈을 가진 사람은 저니까요.

에티에네트 마찬가지지요.

루슬린 그렇겠지요. 하지만 제 설명을 좀 들어 보세요. 명석하시니까요!

에티에네트 아주 단순해 보이는데요.

루슬린 단순하다라. 그렇기도 하고 아닐 수도 있지요.

에티에네트 우린 돈이 있는데요.

루슬린 그런데 누구 이름으로 돈이 푸엔카랄 금고에 예치되어 있나요? 제두아르?

아니죠. 그건 숨겨진 이름이죠. 그럼 추키모 이름으로? 절대로 아니죠. 그건 가명이니까요. 금고 장부에는 바로 제 이름으로 적혀 있습니다. 루슬린의 서명이 있어야만 지불이 됩니다.

글라피외 (방백)

정말 위안이 되네. 악당이군.

에티에네트 (루슬린에게)

그래서요?

루슬린 왜 따님을 가끔 공연에 데려가지 않으세요? 이렇게 젊은 나이에는 기분전환이 필요하죠. 다시 말하면 삼만 프랑이 있는 금고에서는 내 이름밖에 몰라요. 돈을 인출하느냐 아니냐는 제 의지에 달려 있어요.

에티에네트 그런데 그 돈은 제 아버지 건데요.

루슬린 (웃으면서)

그렇지요.

에티에네트 그러면요?

루슬린 아니라고 하지는 않았습니다. 단지 그게 저에게 달렸다는 것입니다.

에티에네트 이해가 안 되네요.

글라피외 (방백)

저런 순진한 성녀 같으니! 나는 다 이해했구먼.

루슬린 푸엔카랄 금고에서 돈이 기한 내에 인출되면, 어음이 지불되죠. 금고에서 돈이 인출되지 않으면 어음 지불은 거절되지요. 제 결정에 달린 겁니다. 제 말을 잘 들으세요. 제두아르 대대장은 채무 지불 불능상태가 되자 추키모의 이름으로 이만오천 프랑의 어음에 서명을 하지요. 즉 가명으로 서명한 사기행위로서 민법의 사기 소송이 가능합니다.

에티에네트 사기라구요? 누구를 상대로?

루슬린 제두아르 대대장에 대해서죠.

에티에네트 (창백해지며)

루슬린 씨 웃자고 하시는 이야기죠? 아버지를 상대로요? 사기요? 흰머리가 성성한 아버지를 상대로요?

루슬린 유죄가 확실하죠.

에티에네트 사기라구요!

루슬린 백발의 사기꾼도 있지요.

글라피외 (방백)

머리카락이 하나도 없는 사기꾼도 있구요.

에티에네트 (두 손을 맞잡고 꼬면서)

웃자고 하시는 이야기지요? 돈을 가지고 있으시잖아요, 저희 아버지 돈을요. 그리실 수는 없지요. 우리가 낭신에게 무슨 짓을 했다고요. 정의로운 하늘이시여!

어음이 지불 안 된다는 건 불가능해요. 어음은 지불될 거예요.

루슬린　제가 원하면요.

글라피외　(방백)

　　감탄할 수밖에.

에티에네트　이해할 수 없어요.

루슬린　이해하게 될 겁니다. 당신은 내 손아귀에 있다는 것을요. 당신 아버지도요.

　　내가 맘만 먹으면 당신을 파멸로, 아버지를 불명예스럽게 할 수 있지요.

　　(에티에네트에게 다가가며)

　　당신 딸을 사랑해요.

에티에네트　(뚫어지게 쳐다보며)

　　정말 파렴치하시군요!

　　(내실 쪽으로 가더니 두 손을 모으고 무릎을 꿇으며)

　　오, 아버지, 우리가 파멸의 구덩이에 빠져 있어요!

　　(에티에네트가 내실 쪽으로 몸을 돌린 사이, 루슬린의 시선이 식기장 위의 편지

　　묶음에 닿는다. 에티에네트는 아버지의 침대 앞에 무릎을 꿇고 있어 보지 못한다.

　　몸을 굽히고 급히 편지들을 훑어본다.)

루슬린　(방백)

　　이 종이가 다 뭐지? 편지 같은데. 아는 글씨잖아!

　　(재빨리 읽는다.)

　　"나의 에티에네트…." 시프리앵 앙드레가 보낸 편지군. 딸의 이름은 시프리엔이고.

　　아, 애 아버지가 보낸 편지야. 앙드레. 그래. 맞아. 여기 앙드레라고 서명도 있어.

　　과부 앙드레 부인. 아, 내가 눈치챘어야 하는데.

　　(그가 말하는 사이 몸을 돌리고 일어서는 에티에네트를 큰 소리로 부르며)

　　부인, 왜 그렇게 분노하시는지 저로서는 이해가 되지 않습니다. 제가 따님에게

　　청혼을 하는 것입니다.

에티에네트　청혼을!

루슬린　네, 정식 결혼이요. 부인.

글라피외　(방백)

　　저런, 저런. 얘기가 달라지네. 저 종이들을 읽더니만 뭔가를 발견한 게지.

　　(루슬린과 에티에네트가 눈치채지 못하게 손을 뻗어 루슬린이 들여다본 편지를

　　집어서 주머니에 넣는다. 시프리엔이 내실에서 나온다. 방 한쪽에서 듣고 있다.)

루슬린　(위엄있게)

　　부인, 저는 루슬린 드 비콜리에르가 본명이고, 피선거권이 있는 시민이자 노트르담

　　드 나자레트 성당의 자산관리위원이기도 하며, 파리의 주요 금융사업가 중 한

　　명이기도 합니다. 제 사무실의 연간 수입은 사만 프랑은 됩니다. 부인과 부인의

　　아버님께 따님이신 시프리엔과의 결혼을 허락해 주십사 부탁 드립니다.

에티에네트 (당황하며)

결혼 이야기라니. 내가 이해를 잘못했네. 정말 놀랐어. 계속 큰일들이 터지는
상황이니 그럴 수밖에! 두 가지 이야기를 같이 놓고 생각하려니 어려워. 그래도
이해 안 되는 부분들이 있어. 지금 말한 것은 물론 내가 생각했던 것과는 다른
제안이야. 그가 우선 당신의 딸을 사랑합니다라고 했지. 그러면 이야기가 쉬워지지.
결혼을 하겠다고 하니. 나한테 협상을 하자는 줄 알았는데 그건 잘못된 일이지.
그러나 사랑한다고 하면 사랑은 용서가 되지. 결혼이면 안 될 것도 없잖아? 그러면
만사가 해결될 거고. 아버지도 구할 수 있어.

(루슬린이 에티에네트의 얼굴을 엿본다. 글라피외도 동정을 살피고 있다. 내실
쪽에 서 있는 시프리엔에게)

이리 오너라, 네 이야기를 하는 중이란다.

시프리엔이 다가온다. 루슬린이 깊이 숙여 인사한다.

루슬린 아가씨, 어머니께 경의를 표해 청원을 드렸습니다. 제 삶의 기쁨이 되어 주시고
제가 당신의 남편이 되는 영광을 허락해 달라고 요청하는 바입니다.

시프리엔 (어머니에게 달려가며)

어머니, 절 구해 주세요!

루슬린 아가씨….

에티에네트 딸아, 루슬린 씨가 너에게 청혼을 하는 거란다.

시프리엔 절대 안 돼요.

글라피외 (방백)

잘한다, 애기야!

(박수치는 시늉을 한다.)

에티에네트 잘 생각해 봐라, 애야.

시프리엔 어머니, 저는 저 남자가 너무 싫어요.

루슬린 (에티에네트에게)

저는 물러가겠습니다, 부인.

(방백)

아, 내가 원하는 대로 되겠지. 이 식구들이 곤경에서 빠져나가지 못하게 하겠어.

에티에네트와 시프리엔에게 인사를 하고 무대 안쪽으로 가서 문을 연다. 문이 열리자
압류집행관이 보인다.

압류집행관 (루슬린의 귀 쪽으로 몸을 굽히며)

자, 어떻게 할까요?

루슬린 (압류집행관 귀에 대고)

압류하시고 공매처분하세요.

(안쪽 문으로 나가버린다. 집행관이 열린 문턱에 서 있다.)

에티에네트 (방백)

어쩌려는 걸까? 아! 우리에게 닥칠 일을 보지 않기 위해 눈을 감을래.

압류집행관 (에티에네트에게)

부인, 공매가 시작될 예정입니다. 입회해 주셔야 하는데요.

에티에네트 네가 한 짓을 봐라. 곧 갈게요.

(에티에네트 퇴장하자 집행관이 따라간다. 무대 안쪽 문이 다시 닫힌다.)

글라피외 (숨었던 곳에서 나오며)

아, 이제 경찰도 떠났을 거고, 길도 혼잡하지 않으니 다닐 만해졌을 거야. 빨리
달아나야지. 이 장소에서 멀어져야 해. 압류가 진행되면 집행관들이 와서 이 옷
쪼가리들도 뒤질 거고, 나도 같이 걸어 갈 거야. 경찰 끄나풀들은 신화 속의
카리브디스고 집행관들은 스킬라야.[8] 즉 사회질서의 두 발톱과 같은 것들이지.
생각을 좀 해 보자.

(잠시 생각에 잠긴다.)

다시 요약해 보면, 여자 둘, 늙은 남자, 악당 그리고 드 푸엔카랄 금고에 예치된
삼만 프랑. 선량한 사람들, 내가 도울게요.

천창을 열고 지붕 위로 사라진다. 글라피외가 오른쪽 천창으로 사라지자 한 젊은이가
작은 계단으로 올라온다. 짧은 검은색 양복을 입고 둥근 챙의 모자를 썼다. 에드가르
마르크다. 계단을 뛰어 올라와서는 중간 문을 가볍게 두드린다.

5장
시프리엔, 에드가르 마르크

시프리엔 (문을 열며)

에드가르! 아, 들어오지 마세요.

에드가르 마르크 좋은 소식이에요. 좋은 소식이요. 잠시 들른 거예요. 이 소식을
전하려고 일부러 돌아왔답니다. 급여를 올려 준대요. 내년이 되면 백 루이를 받게
돼요. 그럼 우린 결혼할 수 있어요. 먼저 이 지갑 좀 봐요. 내 나이에 이렇게 신임을
받는다는 것은 정말 드문 일이죠. 오늘 아침에 은행가이신 드 푸엔카랄 남작님이
내게 말하셨다니까…. 우선 이 지갑을 좀 내려놓고요.

(지갑을 피아노 위에 둔다.)

봐요, 내 나이에 이렇게 신임을 받는 것은 정말 드문 일이잖아요. 드 푸엔카랄

남작님이…. 당신을 정말 사랑해요.

시프리엔 남작님이 당신에게 그렇게 말했어요?

에드가르 마르크 아니, 내가 당신에게 하는 말이에요. 아, 나 정말 행복해요. 만사가 잘되는 것 같아요. 조금 전에 드 푸엔카랄 남작님이 나 보고 일하는 게 아주 맘에 든다고 하셨어요. 이런 은행에서는 신임이 필요한 일들이 있는데 그걸 당신에게 맡기겠어요. 당신은 정말 성실하고 믿을 만한 사람이지요. 오늘부터 입금 업무를 맡아 주세요. 은행에 가서 이 송장을 지불하고 영수증을 가져오세요. 내년에는 급여를 두 배로 줄게요. 그리고 내게 이 송장과 지갑을 주셨어요. 시프리엔, 일 년에 백 루이예요. 자, 힘내요. 우리 이제 결혼할 수 있어요. 난 계속 승진할 거예요. 당신은 내 아내가 되는 거예요. 얼른 당신에게 알려 주고 싶어서 왔어요. 아, 당신을 사랑해요.

시프리엔 에드가르….

에드가르 마르크 참, 밑에 웬 사람들이 보이던데요…. 제 얘기 들으니 기쁘죠? 기쁘지 않나 봐요?

시프리엔 기뻐요, 에드가르. 다만….

에드가르 마르크 보조 계단으로 올라오면서 보니까 공매할 때면 늘 나타나는 골동품 상인들이 보이던데 이 건물에 압류가 있었나요?

시프리엔 모르겠어요.

에드가르 마르크 옆집에 있나 보네요. 고통받는 어려운 분들이 있군요. 겨울에 압류가 진행되면 정말 혹독한 일이죠. 그런데 다행히 우리는 행복해요! 모두가 다 같이 행복할 수 없다는 건 정말 슬픈 일이에요.

시프리엔 에드가르, 이제 가셔야 해요.

에드가르 마르크 아니, 쫓아내는 건가요?

시프리엔 그럴 리가요! 어머니가 들어오실까 봐 그래요. 할아버지가 깨시기라도 하면요! 에드가르, 할아버지가 여기 와 계세요. 편찮으셔서 저쪽 내실에 주무시고 계세요. 할아버지는 당신을 알지도 못하고 한 번도 본 적이 없으시잖아요. 젊은 남자가 여기로 올라오는지 모르세요. 할아버지가 눈을 뜨셨다가 당신을 보시기라도 하면! 와 주신 건 감사해요. 그러니 이만 가 주세요. 아, 할아버지가….

에드가르 마르크 할아버지요! 우리가 기쁘게 해 드리면 되죠! 당신이 할아버지의 비밀을 내게 고백한 건 절대 후회하지 않게 해 드릴게요. 아! 용감한 분, 불쌍한 추방자…!

시프리엔 에드가르, 절대 말하면 안 돼요. 제가 이야기해 드리지 말 걸 그랬어요!

에드가르 마르크 염려 마세요. 제가 들은 건 비밀로 잘 지킬게요. 당신이 내 아내가 되는 날까지, 우리가 모두 머리를 들고 살 수 있는 날까지, 내가 당신과 알고 지내고 만나고 당신을 부러 온다는 말은 단 한마디도 하시 않을 거예요. 추키모 선생님에 대해 조금이라도 누설하게 되면 위험한 상황에 놓이게 되고, 제두아르 대대장을 잃게 될지도 모른다는 것을 잘 알아요. 지금은 반동의 시대니까요. 하지만 더 나은 날들이 도래할 거예요. 시프리엔, 비밀에 묻혀 있어야 할 것을 자백하기보다 나는 천 번의 고문을 감당할 거예요. 걱정하지 마요.

시프리엔 알고 있어요. 당신을 믿어요. 아, 제발 부탁이에요. 이제 가 주세요.
(어깨를 밀면서 슬프고 애원하는 듯한 웃음을 지으며 문 쪽을 가리킨다.)

에드가르 마르크 그럼 갈게요. 당신이 옳아요. 그리고 저도 결제를 하러 가는 길이었어요. 괜찮아요. 여섯 달 후면 우린 결혼을 할 거니까요. 아, 가슴이 터질 것 같아요. 마치 천국에 있는 것처럼요. 당신이 나를 어쩔 수 없이 돌려보내는 거 알아요. 그래도 당신과 헤어지는 건 정말 어렵네요. 아, 참 내 지갑!
(지갑을 집는다.)
달려가야겠네요. 이십 분이면 은행에 도착해요. 안녕, 곧 다시, 아니 금방 다시 봐요. 그럼 갑니다. 아, 중요한 게 하나 더 있는데 잊었네요. 날 사랑해?
(둘은 손을 잡고 잠시 침묵 속에 서로에게 매혹된 듯 쳐다본다.)

시프리엔 당신을 사랑해요.

에드가르 마르크 사랑해요가 아니라 사랑해.

시프리엔 아니요. 그러면 안 돼요. 사랑하는 건 좋은데 반말하는 건 나쁜 거예요. 에드가르, 저한테 말 놓지 마세요.

에드가르 마르크 말을 놓지 않는 것은 사랑하는 게 아닌데.

시프리엔 반말하시면 저는 에드가르 씨라고 부를 거예요.

에드가르 마르크 그렇다면 당신 말을 들을게요. 그런데 "당신을 사랑해요"라고 존칭을 쓴 표현은 여러 여자한테 할 수 있는 말인 건 아세요?

시프리엔 고약한 사람!

에드가르 마르크 그러니 반말해 봐, 너도.

시프리엔 절대로 안 해요.

에드가르 마르크 나를 사랑하지 않는 거죠.

시프리엔 내 눈을 깊이 들여다보세요, 에드가르. 죽은 후에 하늘에서도 당신을 이보다 더 사랑할 수는 없을 거예요. 단지 더 빛이 많은 곳에서 사랑을 하겠지요. 내 웃음도 슬픔도 당신 때문이에요. 한 사람 생각을 매일 한다는 것은 정말 이상한 일이죠! 아침에 눈을 뜨면 생각을 하죠. 오늘은 그이를 볼 수 있을까? 여기에 들러 주실까? 당신이 오면 떨려요. 겁도 나긴 하지만 그게 제 기쁨이에요. 당신이 떠나고 문이 닫히고 나면 당신이 한 말을 모두 생각해 봐요. 당신이 입고 있던 조끼, 장갑, 의자에 놓였던 모자, 그때의 햇빛에 대해서 생각해요. 그렇게 하루를 보내죠. 내 머릿속에 다른 생각은 자리하지 못해요. 그러면 안 된다고 생각하면서도요. 당신은 제 남편이 될 거라고 하시는데, 당신은 이미 제 영혼이에요. 아, 사랑이란 얼마나 깊은 망각인지! 저런, 할아버지!

백발의 노인이 젖혀진 커튼 사이로 나타난다. 방금 의식을 찾은 환자처럼 비틀거린다. 열에 들떠 몸이 흔들리는 듯 천천히 다가온다. 정신 나간 듯한 웃음을 지으며 에드가르와 시프리엔을 바라본다.

6장
시프리엔, 에드가르 마르크, 제두아르 대대장
그리고 에티에네트, 스카보와 집행관들

제두아르 대대장 (에드가르에게)
　아! 왔군요. 안녕하시오? 레슨 받으러 오신 거죠?

시프리엔 (에드가르에게 낮은 목소리로)
　열이 높아 헛소리를 하시네요. 당신이 학생인 줄 아세요.

제두아르 대대장 내가 몸이 좀 아팠는데 이제 괜찮아요. 이상한 일이네, 당신 이름을 잊어버렸어요. 얼굴은 알아보겠는데. 자, 레슨을 시작하게 앉으세요.

시프리엔 (에드가르에게)
　시키는 대로 하세요.
　(제두아르 대대장을 바라보며)
　오 하느님, 가여운 할아버지!

제두아르 대대장 조금 전에 내가 잤던 것 같은데, 알다시피 사람이 아프면 좀 약해지니까 꿈을 꾸죠. 공중에 있는 음악을 들었어요. 음악이 지나가고 떠다니기도 하고, 파란 하늘 속에 있다가 저 위의 어둠 속에 있기도 해서 들었지요. 내 말을 믿어요. 잘 알려진 음악이었어요. 몬테베르디의 「오르페오」의 그 멋진 멜로디였어요. 아! 요즘 음악이 아니고 1604년 작품이죠. 당시의 오케스트라를 비웃는데, 소프라노 비올라 열 대, 베이스 비올라 세 대, 목관 오르간 두 대에….

시프리엔 열이 더 오르는 건 아닌지 걱정이네요. 더 악화되지는 말아야 하는데.

제두아르 대대장 목관 악기 부르돈과 같은 오르간이죠. 몬테베르디 시대에는 그 악기뿐이었어요. 몬테베르디 이전에는 뭐가 있었냐구요? 독일에는 포자우네, 프랑스에는 사크부트가 있었는데 그게 둘 다 바로 오늘날의 트롬본이죠. 이탈리아에는 플라우티노만 있었는데 네 발이 달린 오르간 상부에 세 개의 옥타브 파이프를 단 플라줄레 플루트와 비슷한 거지. 아! 예술이 많이 발전했지요, 그렇죠? 아, 학생 이름이 조금 있으면 생각날 거예요. 나이가 들면 기억력이 점점 흐려져요. 뇌 속에 등불이 켜졌다 꺼졌다 그러죠. 그런데 선생님 얼굴은 잘 생각나요.

밖의 목소리들 (옆 거실에서 들려온다.)
　자자, 여러분. 이십칠 프랑, 이십 칠 프랑 오십 상팀, 삼십 프랑….

에드가르 마르크 (시프리엔에게 낮은 목소리로)

무슨 일인가요?

시프리엔 (낮은 목소리로)

별 일 아니에요.

제두아르 대대장 진보, 이것이 바로 법이요. 모든 것이 더 나은 쪽으로 나아가죠. 더 많은 빛과 조화와 자유를 향해서 가는 거예요. 암브로시오의 성가 이후에 그레고리오 성가가 나오죠. 암브로시우스, 성 암브로시우스지, 그가 성인인 건 별로 관심이 없어. 그가 네 개의 음계를 발견하지. 그리고 그레고리오, 그가 교황이고 아니고는 내게 별로 중요하지가 않고. 그가 미사음악의 음계를 완성하죠. 거기서 정격선법과 변격선법이 나오지. 각 찬가마다 네 개의 조를 사용하게 된 거랍니다.

밖의 목소리들 오십오 프랑, 육십 프랑, 칠십 프랑. 자, 여러분, 칠십 프랑에 액자를 끼운 거울입니다.

에드가르 마르크 (낮은 소리로 시프리엔에게)

아니, 이건 경매 아니오! 압류네요! 여기가 차압당한 건가요?

시프리엔 (낮은 소리로)

아니에요.

제두아르 대대장 잘 들으세요. 자, 계속 이어서 합니다. 그레고리오 성가 첫 음계는 정격선법이고 두번째 음계는 변격선법이지요. 귀도 다레초라는 수도사가, 뭐 이 사람이 수도사였는지는 중요한 게 아니고, 처음으로 옥타브를 정했지요. 웃, 레, 미, 파, 솔, 라, 시, 웃. 그럼 이제 음계가 어떻게 시작하는지 배운 거예요. 세례 요한의 노래 「당신의 종들이」에는

　　　　웃 케어난 락시스(Ut queant laxis)

　　　　레 소나레(Re sonare)[9]…

라는 라틴어 가사가 있지요. 세례 요한도 또 성인이군. 정말 지루하게 많은 성인과 교황, 수도사들이 있네요. 'Ut queant laxis'에서 '웃'이 '도'로 명칭이 바뀌었죠. 바보짓이에요. 어원이 사라진 거니까요. 자 이제 이 성가에서 음들의 높이를 찾아 구별하고 강조할 줄 알아야 하죠. 그리고 거기에 가사가 낭송되는 거예요. 성악가는 웅변가와 같아요. 이렇게 음악이 위대하죠. 「라 마르세예즈」 행진곡을 보세요. 애국심을 강조하잖소! 자유를 향한 위대한 외침이지요!

(피아노에 앉아 반주를 하면서 노래를 부른다.)

　　　　나가자, 조국의 아들딸들아

　　　　영광의 날이 왔도다!

스카보의 목소리 (밖에서)

더 이상 없지요? 더 이상 없어요?

(망치 소리가 들린다.)

낙찰입니다.

제두아르 대대장 (노래를 멈추며)

옆방이 시끄럽군. 조용히 좀 하세요.

스카보의 목소리 두번째 부분입니다. 다양한 악기가 있습니다. 우선 피아노.

제두아르 대대장 지금 말한 사람은 누구지? 남자 목소린데. 지금 레슨 중이라 만날 수 없으니 나중에 다시 오라고 하지. 자, 어떤 순간에 음악은 대단한 위력을 갖죠. 「라 마르세예즈」를 보면 포탄 같아요. 구시대를 타파하라는 거죠. 「라 마르세예즈」는 발사되어 포효하고 폭파합니다. 해방시키고, 구출하고, 쇄신하고, 모든 감옥을 파괴하고, 모든 종류의 착취를 금지하고, 노예를 해방하고, 헐벗은 이를 돕고, 모든 독재와 황금만능주의와 도그마 주의를 타파하는 것이지요. 불운과 비참에 빠진 사람들의 오랜 불행을 갚아 주고 인간의 본질을 움직이게 해서 민중의 영혼이 훨훨 날갯짓을 하도록 하는 거예요.

성스런 조국애여,

용감한 복수하는 자들을 이끌고 지지해 다오.

자유, 소중한 자유

너의 수호자들과 함께 싸워라!

빛나는 지평선이 보이시오? 미래의 거대한 문이 열리는 것이 보이오? 폭정, 무지, 빈곤이 없는 세상. 여성에겐 매춘이 없는 세상. 더 이상 속박이 없는 세상 말이오. 인간은 사슬에 묶여 있었는데 이 행진곡은 그걸 다 부수죠. 상류층도 없고 하류층도 없는 세상, 우애가 있는 세상 말이오. 가난한 사람들은 어디에 있냐고요? 부유층의 품 안이죠. 폭군들을 어둠 속에 가두고 말이죠. 오래된 숙명은 이제 죽은 거예요. 해방, 해방이오!

시민들이여, 무기를 들어라, 함께 모여 대대를 이루자!

앞으로…!

그는 멈춘다. 뒤에서 문이 양쪽으로 열린다. 두 집행관이 나타나 피아노의 양 끝을 잡고 들고 나가려 한다. 안쪽에 스카보가 있다. 열린 문 사이로 아연실색한 에티에네트가 보인다. 에티에네트의 뒤로는 어둠 속에 호기심에 찬 구경꾼들의 얼굴이 보인다.

제두아르 대대장 (반복한다.)

앞으로…!

(두 집행관이 피아노를 들어 올린다.)

대체 무슨 일이오? 뭐하는 사람들인가? 당신들 누구요?

집행관 1 공매가 진행 중입니다.

제두아르 대대장 공매라고!

집행관 2 압류물 공매지요.

제두아르 대대장 압류라고!

스카보 (나가오며)

1막 제두아르 대대장의 집

선생님….

제두아르 대대장 이게 다 무슨 일이오?

스카보 만기가 된 빚이 있어서 채무자 재산 압류와 공매처분이 결정되었습니다. 공매를 할 수밖에 없어서요. 저는 압류집행관입니다.

제두아르 대대장 (크게 놀라 간신히 들릴 만한 목소리로)

압류집행관이라니. 알아들었소. 압류를 집행하고, 공매에 부치고, 공매를 한다. 아, 이제 정신이 드네. 이런 끔찍한 일이 있다니!

에티에네트 (스카보에게)

지금 당신이 우리 아버지를 죽이는 거예요.

제두아르 대대장 이런 비참한 일이! 아, 내가 일찍 죽었어야 하는 건데.

에티에네트 (스카보에게)

압류집행관님, 제발!

스카보 부인, 저도 자금이 필요합니다.

제두아르 대대장 (점점 더 꺼져 가는 목소리로)

이 아이들은 어떻게 될 것인가? 내가 이렇게 끝장나는구나. 이제 더 이상 어쩔 수가 없구나. 가난, 병, 노령에 두 딸들까지. 이 세상엔 우리들뿐이고! 친구도 없고!

(일어서면서 무섭게)

아니, 당신들 다 뭐요? 누구요? 내 집에서 나가세요.

스카보 (웃는 얼굴로 인사를 하며)

제가 변제대금을 받아야 해서요.

에드가르 마르크 (창백해지며)

자, 받아요.

(주머니에서 지갑을 꺼내 스카보에게 건넨다. 압류집행관은 지갑을 열어 안을 비운다. 지갑에 있던 천 프랑짜리 지폐 넉 장을 세고는 에드가르 마르크에게 증서 하나를 준다.)

스카보 (에드가르 마르크에게)

결제되었습니다.

에드가르 마르크 (증서를 보지 않으면서)

충분한가요?

스카보 네. 나폴레옹 금화 일곱 닢을 거슬러 드리면 끝납니다.

(천 프랑짜리 지폐 넉 장을 주머니에 넣고는 지갑을 열어 나폴레옹 금화를 한 개씩 피아노 위에 놓는다. 에드가르는 금화를 조끼의 작은 호주머니에 넣는다. 빈 지갑을 다시 집어 든다.)

스카보 (제두아르 대대장에게 인사를 하며)

이제 정산이 되어 저희는 물러갑니다.

시프리엔 (에티에네트에게 낮은 목소리로)

어머니, 에드가르예요.

(에드가르에게 낮은 목소리로)

사랑해!

2막
오름 부둣가

등장인물
글라피외
에드가르 마르크
시프리엔
드 퐁트렘 씨
바뤼탱 씨
드 로몽 자작
경관
벽보 붙이는 사람
의상대여점 주인
가면과 도미노 의상을 입은 사람들

센 강변의 오래된 오름 부둣가[10]에 있는 작은 광장. 오른쪽과 왼쪽에 주택들이 늘어서 있다. 주택가 너머에는 방벽이 있고 방벽 너머에는 어둠이 깃들어 있다. 센 강이 흐른다. 눈이 내린다. 광장 도로와 지붕, 방벽의 벽면이 어둠 속에서 희게 보인다. 춤추는 소리와 음악 소리가 들린다. 무대는 두 부분으로 나뉘어 있다. 왼쪽은 아주 넓은 공간으로, 중고품과 의상을 전문으로 취급하는 대여점의 내부가 보인다. 테이블과 의자가 있고 거울이 여기저기에 놓여 있다. 여러 가지 의상 및 신사복들이 못에 걸려 있다. 의상대여점 안쪽으로는 의상 판매와 대여를 하는 상인의 거주 공간과 별도의 작은 공간으로 통하는 문이 있다. 천장에는 캥케식의 등이 달려 있다. 의상대여점의 오른쪽 끝에는 유리 진열장과 두텁게 눈이 쌓이고 있는 처마가 광장 쪽으로 배치되어 있다. 처마 위에는 다음과 같이 씌어 있는 옛날식 간판이 있다.

강트리비에 의상대여점

무대의 나머지 부분은 광장이다. 오른쪽에 건물 정면이 보인다. 일층과 이층에는 길고 높으며 환하게 불이 켜져 있는 창이 나 있다. 건물 정면의 오른쪽 끝에는 무대용 휘장이 드리워져 있고 사선으로 자른 단면을 통해 일, 이층의 휘황찬란한 실내를 볼 수 있다. 일층은 광장과 현관 앞에 있는 두 개의 계단으로 연결이 되어 있고, 계단 위의 구석에는 지주대가 있고, 거기에는 다채로운 색의 부명유리로 된 높은 반사등이 달려 있는 게 보인다. 찬란한 반사등의 한 면에 다음과 같이 씌어 있다.

아홉 여신의 무도회장
혹은
구(舊) 소바주 도박장

센 강변과 방벽은 관객과 평형으로 광장까지 이어진다. 행인들은 오른쪽의 아홉 여신의
무도회장 뒤 또는 왼쪽의 의상대여점 뒤에서 광장 쪽으로 나오게 된다. 무대 안쪽에는
아무것도 없으며 때는 밤이다. 아홉 여신의 무도회장의 이층 창문을 통해서 천장이
나지막한 도박장에 카니발 의상을 입은 몇 명의 남녀가 커다란 테이블 주위에 앉아 있는
게 보인다. 광장과 부둣가는 한적하다. 가끔씩 가면을 쓴 행인이나 순찰 중인 경관의
모습이 보인다. 가면을 쓴 남녀가 아홉 여신의 무도회장으로 들어가거나 나온다. 막이
오르면 젊은 드 퐁트렘 씨가 의상대여점에서 살구나무를 연상시키는 시계추가 달린
기사복을 입으며 변장 중이다. 의상대여점 주인이 돕고 있다. 콧수염을 기른 또 한 명의
젊은이가 의상대여점의 작은 테이블에 앉아 음식을 먹고 있다. 그는 풍만함 가슴과 큰
실내모자를 쓴 노르망디 지방의 유모로 변장하고 있다. 밖에는 글라피외가 방벽에 등을
지고 앉아 있다. 눈이 그를 덮는다. 그는 천천히 주위를 둘러보며 걸어온다.

1장

글라피외, 경관과 벽보 붙이는 사람, 에드가르 마르크

그리고 가면 쓴 사람들과 행인들 등장.
로몽 자작, 드 퐁트렘이 의상대여점에 있다.

가면 쓴 사람 (노래하며)
　　　　　　화주(火酒)! 화주를!
　　　광인과 현자들 모두 의상을 입으세요.
　　　모두 의상을 입으세요, 현자와 광인들.
　　　십 프랑짜리 가면, 이 수짜리 가면.
　　　신은 세상을 창조했고 나는 사해 준다네.
　　　　　　화주! 화주를!

　　　죽은 자들이 자는 동안,
　　　이교도인, 기독교인, 재미를 봅시다.

웃는 비너스는, 눈매가 사랑스런 이브는
모두 사과를 내미네.

　　　　화주! 화주를!
무도회로! 신사들! 사기꾼들!
의상을 걸치러 오세요.
축제를 즐기는 여자, 질투에 찬 남자,
코를 다세요. 가면을 쓰세요.
　　　　화주! 화주를!

바야흐로 참회의 화요일.
변장을 합시다. 그리고 다 보여 줍시다.
여자들은 카니발 가면을 써요.
남자들은 큰 코를 달아 변장을 완성하지요.

　　　　화주를! 화주를!
신은 세상을 창조했고 나는 사해 준다네.
십 프랑짜리 가면, 이 수짜리 가면.
노래하고, 춤추고 취합시다.
악마가 웃으니 조심하고요.
　　　　화주! 화주를![11]

가면을 쓴 사람들이 왔다 갔다 한다. 카니발 가면을 쓴 여자 세 명이 지나간다. 여자들이 털을 댄 코트 자락을 열자 노출이 심한 상의가 보인다.

가면 쓴 사람 (노래를 멈추며)
　　오, 흰 피부의 피조물들!
여자 당신이 완전 착각한 거야. 이 못생긴 가면아. 우리는 앤틸리스 제도의 세
　　자매라고. 우리가 백인 여자들보다 낫지. 우린 혼혈이거든.
글라피외 (방백)
　　식민지 상품이군.

여자들이 무도회장으로 들어간다. 가면을 쓴 사람이 따라 들어간다. 글라피외는 혼자 광장에 남아 있다. 눈이 내린다. 의상대여점과 마주하고 있는 무도회장 정면을 바라보면서 계속 앞으로 나아간다.

가면 쓴 시람의 목소리 (무도회장 안에서 노래를 부른다.)

의상을 입으세요, 현자와 광인 모두.

화주, 화주를!

글라피외 부르르! 눈이 항상 이렇게 후하게 내리지는 않아서 다행히 지붕에서 내려올 수가 있었지. 신사 숙녀 여러분, 이제 저는 위험에서 벗어났어요.

(간판을 읽는다.)

'아홉 여신의 무도회장' '강트리비에 의상대여점'

여기서 빌려 입고 여기로 들어가란 말이군. 변장, 남장, 여장, 두건 달린 옷. 이걸 보고 가장을 한다고 하지. 사실은 정반대인데 말이야. 여기 있는 사람들은 사실은 자신들의 진실 된 얼굴을 보여 주러 오는 거야. 진짜 모습을 제대로 말이지. 그런데 그들은 사실 '나는 허울이에요'라고 말하지. 다음 날 그들의 얼굴을 보여 주는데 사실은 그게 가면을 다시 쓰는 거지. 지독한 날씨네!

(다시 간판을 읽는다.)

'아홉 여신의 무도회장, 혹은 구 소바주 도박장'

나는 예전 이름이 더 좋은데. '야만적인 도박장(Tripot Sauvage)'. 적어도 무슨 뜻인지 아니까. 가산을 탕진하고, 여성을 손아귀에 넣는 곳. 부르르! 카니발이고 뭐고 다 좋은데 무덤에 있는 것 같이 몸이 어네. 영하 팔도. 정말 추운 일월이야. 센 강이 있어 그렇지. 당신들도 나같이 추운가? 생각만 해도 추워지지. 더군다나 강이 있으면 더욱더 춥지. 해골이 되어 가는 거 같아. 몸 위로 겨울이라는 도마뱀이 지나가는 것 같군. 바보같이 나는 사랑에 빠지지도 않았어, 그럼 몸이 좀 더워질 텐데! 열정적 사랑을 준비했어야 하는데. 뭐 이것저것 다 생각할 수는 없으니까. 부르르! 게다가 하루 종일 먹은 게 없어!

(일층 창문으로 아홉 여신의 무도회장을 들여다보면서)

아래층에서는 도박을 하는구나. 진짜 내기, 크게 걸고 하는 도박 같네. 금화와 지폐가 쌓여 있어. 아, 안쪽에 대 나폴레옹의 흉상이 보인다. 그게 벨벳처럼 날 부드럽게 위로하네. 이런 카바레에서는 항상 남의 불행을 추구하지.

(아홉 여신의 무도회장 입구를 물끄러미 쳐다보며)

안녕, 카바레. 너는 나폴레옹을 배신한 장군들 같지는 않겠지! 눈이 정말 다부지게 오네. 춥지 않으면 배고픔을 느끼겠지. 무슨 바람이 이렇게 부나. 으으으! 하늘, 바람, 인간을 뚫고 바람이 부네. 으으으! 악마가 하느님의 작품에 대고 바람을 보낸다. 오늘 내가 거쳐 나온 성당에서 신부님이 말하는 것을 들었는데 하느님이 진노하신다고 했지. 불쌍한 하느님! 하느님 욕을 사방에서 얼마나 하는지! 나라도 하느님을 변호해야! 안됐어, 그 늙은이!

(몇 발 앞으로 나간다.)

오늘 그 선량한 사람들을 지켜보고 싶은 호기심이 발동하길 잘했지. 교육적이었어. 진지해 보이는 루슬린인가 하는 자를 볼 수가 있었지. 정말 대단한 악당이더구먼!

그 가난한 가족에다! 어떻게 도와야 할까? 바람이 더 세지네. 몸이 꽁꽁 언다. 그 가족의 돈은 은행가의 금고에 있다지. 루슬린 이 사람, 대단해. 두 손 안에 그 가족을 가두고 있는 셈이지. 얍삽한 손으로 돈을, 음흉한 손으로 아가씨를.

(몇 발 앞으로 나간다.)

결혼에 관해서 확 태도를 바꾸었지! 뭔가 틀림없이 중요한 단서를 보고 그런 걸 거야. 종이 뭉치가 뭔가 놀라운 걸 밝혀 준 거지. 그 편지를 빼내서 나도 읽었지만 별로 특별한 건 없던데. 내가 바보라서 그런가. 영국식으로 하면 키스란 말도 있고, 나의 천사란 말도 있고, 완벽한 사랑도 있고, 그리고 나의 에티에네트! 시프리앵 앙드레라고 서명이 되어 있었지.

(옆 주머니를 가리킨다.)

루슬린인가 하는 자는 현학적이던데. 도형장(徒刑場)의 학술아카데미에나 가야 할 자야. 기막힌 일을 벌이더군! 무슨 전보용 기계[12]를 만드는 사람처럼 압박을 해. 노인의 추키모란 가명을 가지고 압박하다가 드 푸엔카랄 금고에 있는 삼만 프랑을 인출하려면 자기의 서명이 있어야 한다고도 하고, 흔들고, 손잡이로 조절하고, 밀폐된 덮개를 덮고, 이 가족은 그 밑에 있지. 가족을 질식시키고는 자기 마음대로 숨통을 완전히 조이더군. 아, 불행한 만남이지. 원하는 대로 공기를 조절하고 있어. 당신 딸과의 결혼을 허락하든가 아니면 법정에서 보자. 내가 사위가 되든가 아니면 당신은 범죄인. 내일 모레가 기한이고 이만오천 프랑을 지불해야 해. 불쌍한 노인네가 돈을 가지고 있는데! 못살게 구는 자가 그 돈을 실제로 가지고 있으니! 드 푸엔카랄 은행가의 위레와 피세[13]의 금고 속에 있는 것을 건드려 볼까. 아, 사기꾼 루슬린! 할아버지를 사기꾼으로 고소하려 하다니. 당연히 자기가 가야 할 감옥에 상황을 전도해서 이 인자한 가장을 넣으려 하다니. 멋져, 정말, 나 대신 너를 거기에 넣어 줄게 하는 식이라니! 부르르! 이런 영혼을 세탁하려면 엄청난 비누가 필요할 듯! 루슬린 이 사람아, 당신 너무 시커메.

(불이 켜진 일층과 이층을 잘 살펴보기 시작한다.)

내가 은행가를 만나서 말하면 어떨까. 남작님, 제 이야기를 들어 보세요. "루슬린, 추키모, 당신의 금고, 삼만 프랑, 제가 이야기를 다 알고 있어요"라고 하면 나를 문전에서 돌려 보내겠지. 내게 묻겠지, 당신은 뭐하는 사람이요? 볼품없는 내 행색을 볼 거고. 내 이름을 밝혀야 할 거야. 어떻게 내가 여기에 있는지 말해야겠지. 논쟁이 있겠지. 아, 안 돼. 부르르! 어찌 되었든 친애하는 루슬린, 절대로 예쁜 시프리엔을 갖지 못할걸. 내가 반대하니까. 에드가르에게 우선권이 있지. 당신보다 더 일찍 시프리엔을 사랑했으니까. 게다가 선택을 받았다고.

(아홉 여신의 무도회장을 바라보며)

불을 지핀 방들. 일층에서는 도박을 하고 이층에서는 춤을 추네. 저 안에 있다면 난 뭘 할까? 도박을 할까? 아니, 돈이 있어야 해. 춤을 출까? 아니, 나는 서창한 꿈 같은 건 없어. 일단 몸을 데우겠지. 아마도 평생 추위를 탄 남자가 올라가서 따듯한 불 옆으로 가는 것, 아린 손을 펴고 지옥이라 불리는 멋진 불더미 앞에서 손가락 열 개를 반듯하게 펴는 게 바로 낙원일 거야. 지옥에 떨어진 사람이 도착하면 더 기쁨이 커지지. 연료가 도착한 거니까.

(눈 덮인 옷을 털며)

눈이 정말 사악하게 내리네. 들어가서 아홉 여신의 하인용 난로 근처에라도 있게 해 달라고 할까?

가면 쓴 사람   (글라피외에게 무도회장의 문을 가리키며)

들어가세요, 부르주아 양반.

글라피외   저는 초청장이 없어요.

가면을 쓴 사람이 안에서 흘러나오는 오케스트라 소리에 맞춰 춤을 춘다.

가면 쓴 사람   자, 들어가지.

(가면을 쓴 사람이 무도회장으로 들어간다.)

글라피외   아, 즐거운 표정의 가면이 나 보고 부르주아라고 했어. 밤이니까! 내 겉모습을 보고 초청하는데, 제대로 입지도 못해, 오히려 내게 해를 주지. 옷이라는 게 바람을 숭숭 통하게 할 뿐만 아니라 내게 해를 준다니까. 스토브 양복점의 연미복에 풀 먹인 칼라를 달면 나도 경비원같이 보일걸. 다른 남자들처럼 말이야.

(몽상하면서)

어떤 난로든 난로 장식에 발을 올려놓을 수만 있다면 얼마나 좋을까? 영원한 행복을 누리는 느낌일 거야. 나는 거기서 멀리 있지. 나한테 낙원의 문을 정말 열어 줄까? 열쇠 구멍에 엄청 기름칠을 하면 또 모르지. 더럽게 춥네!

긴 연미복을 입고 경찰봉을 든 남자가 강가의 방벽 위를 산책하며 무대 안쪽에서 나타났다 사라지곤 한다. 벽보를 붙이는 사람이 사다리, 벽보 뭉치와 풀 그릇을 들고 나타난다. 연미복을 입은 남자는 의상대여점의 벽 모퉁이에 서 있다. 벽보 붙이는 사람이 그 쪽으로 몸을 돌려 대여점의 벽을 가리킨다.

벽보 붙이는 사람   경관 나으리, 여기에다 붙일까요?

글라피외   (경관을 바라보며)

정말 매서운 추위야!

경관   (벽보 붙이는 사람에게)

아니, 거기 말고.

(두 사람은 무대 안쪽에서 벽을 바라보며 벽보를 붙일 장소를 찾는다. 오케스트라

소리와 웃음소리가 들려 온다.)

글라피외 사람 마음이란 게 참 묘하지! 경관이 있는데도 내가 여기서 이렇게
어슬렁거리다니. 왜 그렇지? 왜냐면, 왜냐면, 내가 배고프니까. 여기는 즐거운
사람들이 있어서 가까이 있을 만하거든. 행복한 사람 옆에 있으면 나도 횡재를
할지도 모르니까. 사과나무가 없으면 어디서 사과가 떨어지겠나. 혹시 알아?
지나가던 공작부인이 나를 저녁식사에 초대할지. 그게 그럴듯하냐고? 아니. 그게
가능할 것 같냐고? 아니. 그래도 나는 이 주변에 있을 거야. 천일야화를 꿈꾸는
인간의 성향이여! 혹시 알아? 우연의 장난꾼은 때로 천진한 아이처럼 굴 때가
있거든. 어둠 속에서 가장 부드러운 미소를 지으며 비겁하게 손을 내밀어 보는
거야. 어쩌면 행운을 가져다 줄지도 몰라. 계속 돌아다녀 보자.

벽보 붙이는 사람 (아홉 여신의 무도회장 벽 한쪽을 가리키며 경관에게)
경관 나으리, 여기에 붙이면 어떨까요?

글라피외 나는 많은 게 필요 없는데. 프랑스의 대귀족이 되는 걸 기대하는 것도 아니고.

경관 (벽보 붙이는 사람에게)
어디?

벽보 붙이는 사람 여기 가로등 밑이요.

경관 좋군. 벽보가 불빛을 받으니 읽기 좋겠어. 너무 높이 붙이지는 말게.

벽보 붙이는 사람이 사다리를 놓고 가로등 밑에 벽보를 한 장 붙인다.

글라피외 한쪽에는 센 강이, 한쪽에는 감시자가. 경찰을 피하기 위해 강물에라도
뛰어들고 싶은 심정이야. 강물을 피하기 위해 경찰서로 뛰어드는 것보다는 낫겠지.
(벽보를 붙이던 사람이 멀어진다. 경찰도 따라간다. 글라피외가 벽보에 다가간다.
대문자로 쓴 글씨가 관객들에게도 보인다.)
자, 벽보를 좀 보자. 나는 벽보 읽는 사람이지. 파리에 있는 건물 벽들은 내
독서실이지. 이 시간에 벽보를 붙이다니 아마 긴급한 일인가 보군.
(읽는다.)
"천 프랑의 보상금."
(관객 쪽을 돌아본다.)
천 프랑!
(모자를 벗었다가 예의를 갖춰 다시 쓴다.)
천 프랑의 보상금이라면 긴급한 일이 맞네.
(벽보를 다시 읽기 시작한다.)
"…1월 19일 드 푸엔카랄 저택에서부터 생-마르크-페이도가(街), 비비엔가, 뇌브-
크루아-데 프디-샹기, 리 브리에르가에 이르는 길에서 잃어버린 사천 프랑을

찾아서, 생-마르크-페이도가 칠번지에 위치한 은행가 드 푸엔카랄 남작에게
가져오는 사람에게 천 프랑의 보상금을 드립니다."
(꿈을 꾸듯)
드 푸엔카랄 남작이라면 가엾은 노인네의 삼만 프랑을 사기꾼 루슬린의 돈으로
알고 금고에 보관하고 있는 그 은행가의 이름이잖아.

에드가르 마르크가 들어온다. 강변 쪽에서 불이 켜진 아홉 여신의 무도회장의 창 쪽으로
천천히 다가온다. 동시에 경관이 반대편으로 들어와 무대 안쪽을 가로지른다.

글라피외 (에드가르 마르크를 못 보고, 경관에게 눈을 고정한 채)
공공의 질서와 풍속을 수호하는 분이 나를 피곤하게 하네. 경찰이 일을 잘하는 건
좋은데 이렇게 되면 좀 성가시지. 그리고 저 남자는 경직된 알렉산드리아풍 시
같군! 멋지다는 데에는 동의하지만 행동거지가 재미가 없어! 항상 똑같아. 팔짱을
끼고, 경찰봉에, 가식적 위엄인 거지. 정말 나는 어쩔 수 없이 근본이 정부에
적대적인가 봐. 저 사람이 남쪽에서 헤매니 나는 북쪽으로 갈 수밖에. 부르르, 정말
춥네!
(에드가르 마르크와 마주치지 않고 무대 안쪽으로 이동한다. 경관이 아홉 여신의
무도회장 뒤쪽으로 사라진다. 글라피외는 의상대여점 모퉁이 뒤로 사라진다.)

에드가르 마르크 (벽보에 시선이 닿는다. 잠시 벽보를 보다가 물러선다.)
벌써 벽보가 붙었네! 그 돈을 잃어버렸다고 말할 수밖에 없었어. 지갑이 주머니에서
떨어졌다고. 드 푸엔카랄 남작은 마음 좋고 정직한 사람이라 내 거짓말을 믿었지.
아! 내 수치스러움이 벽에 붙어 있네. 내 눈에는 '에드가르 마르크는 도둑'이라고
읽혀. 내가 뭘하러 여기 온 거지? 아, 난 노름을 하러 왔지. 룰렛게임이든
카드게임이든 뭐든 좋아. 도박장에 온 건 처음인데 내겐 나폴레옹 금화 일곱 닢이
있지. 그걸 걸어 보자. 내가 이기면 사천 프랑을 갚을 거야. 내가 잃으면….
(강변의 방벽 쪽으로 시선을 돌리며)
이 도박장을 선택한 건 위치가 좋기 때문이지.
(아홉 여신의 무도회장으로 들어간다.)

2장
드 퐁트렘, 로몽 자작, 바뤼탱, 의상대여점 주인

퐁트렘은 중세 기사 옷을 입고 있다. 로몽 자작은 식사 중이다. 붉고 넙빤지처럼 큰
굴을 한 아기 인형이 테이블에 놓여 있다.

로몽 자작 (입안이 가득 찬 채로)

식사 중이라는 걸 숨기지 않겠네.

드 퐁트렘 먹고 마시게.

로몽 자작 인생에서 먹고 사는 게 산문과 같다면 사랑은 시와….

드 퐁트렘 그래, 맞아, 흥분 가라앉히고. 말하지 마.

로몽 자작 (입안이 가득 찬 채로)

아름다움과 흠집이 가득한,

늙은 호메로스는 내 존경을 사네.

모든 영웅들처럼 그도

지나친 수다꾼, 그러나 황홀하지.

이게 볼테르의 시야. 정말 멋진 시인이지. 호메로스의 공적을 말해 주잖아! 내
생각엔 그래. 나는 밥을 먹는 중이야. 하루 종일 성 프랑수아 레지[14]를 위한 모금을
했거든. 내 사촌 여동생까지 동원해서….

드 퐁트렘 그 예쁜 여동생?

로몽 자작 당연하지. 구르비에르의 사촌 여동생과 같이했지. 곧 다가오는 사순절을
위해서야. 집집마다 돌면서 말이지. 적어도 이십여 채 집의 계단을 올라갔지.
여자들은 아주 쉽게 계단을 올라가! 지치지도 않고. 사촌 여동생이 남의 집에
들어가서는, 안녕하세요 선생님, 안녕하세요 부인, 정말 귀여운 자녀들을
두셨네요, 이러면서 마치 그 집의 친한 친구처럼 굴더라고. 샌드위치 하나 줄까?

드 퐁트렘 로몽 자작님, 괜찮아요.

로몽 자작 거절하는 거야?

드 퐁트렘 그럼 줘.

(샌드위치를 하나 집어서 먹는다. 의상대여점 주인이 두번째 잔을 테이블 위에
놓는다.)

의상대여점 주인 샴페인, 한잔 드릴까요?

(따른다.)

드 퐁트렘 (마신 뒤에)

당신이 세계적으로 유명한 의상전문가가 되고 싶으면 샴페인 지방의 와인이라고
말하는 편이 나을 거예요. 샴페인 한잔은 귀족 저택의 대기실에서나 쓰는 표현으로
선생 같은 의상전문가에게는 어울리지 않아요.

로몽 자작 적어도 스무 가구를 방문했지. 오층까지 올라가면서 말이야. 완전히 지쳤어.
정말 피곤한 자선행위야. 좀 쉬려고 무도회에 왔지.

드 퐁트렘 (두번째 샌드위치를 먹으며)

예전에는 '야만적인 도박장'이라고 불렀어.

로몽 자작 루이 15세도 여기에 왔었나고 하넌데.

드 퐁트렘 오래전에.

로몽 자작 혁명15 전에는 왕들도 축제를 즐겼지. 빌어먹을 혁명.

드 퐁트렘 어떤 성인을 위해서 모금을 했다고?

로몽 자작 성 프랑수아 레지.

드 퐁트렘 그 성인은 뭘 했는데?

로몽 자작 나도 몰라.

드 퐁트렘 그 성인이 돈이 필요해?

로몽 자작 성인들은 항상 돈이 필요하지. 천당에 가려면 항상 모금을 해야 해. 그런데 내 의상은 된 건가? 어때 내 모습이?

드 퐁트렘 근사해. 그 가슴 때문에 내가 정신이 없어.

로몽 자작 그래야지. 봐, 내가 하나 깨달은 건데. 우리는 신보다 성인을 더 숭배하는 것 같아. 남녀 성인들, 동정녀 마리아, 성모 마리아, 아기 예수상, 성혈, 성심, 생생한 숭배가 있지. 그런데 신 자체에 대해서는 훨씬 냉정한 것 같아.

드 퐁트렘 신은 모든 종교에 있어. 그래서 성직자들의 정신 속에 혼동이 오지.

로몽 자작 (드 퐁트렘을 보고 감탄하며)
기사 복장이 너한테 정말 훌륭하게 맞는걸.

드 퐁트렘 탕크레드16의 복장이지. 내 이름이 탕크레드거든.

로몽 자작 멋진 기사들이여, 시칠리아의 명예를 위하여.17 볼테르에게 종교가 없었다는 것은 정말 유감이야!

드 퐁트렘 아, 로몽, 친애하는 자작! 정말 행복할 거야! 선술집과 도박장이라니. 둘 다 이상적이야. 혼자서 카드릴 춤18을 추는 기사처럼 뼈 빠지게 춤을 출 거야. 그리고 돈도 잃어야지.

로몽 자작 그건 왜?

드 퐁트렘 그게 도박에서 돈을 버는 것보다 우아하잖아. 그렇지 않아? 도박에서 이겨야 하는 명분이 뭔데? 대낮같이 밝아 사람들이 다 보잖아, 감출 것 없이. 운이라 불리는 가면을 쓴 흥미로운 동물이 우리라고. 따는 건 누구나 할 수 있어. 그런데 잃는 건 드물지. 나폴레옹도 할 줄 모르던 거야. 그런데 나는 잃을 줄 안다는 거지.

로몽 자작 연구를 많이 한 거야?

드 퐁트렘 많이. 특히 트랑테카랑트19를 집중 연구했지. 여기서는 아주 치사율이 높고 새로 나온 독일식 룰렛을 가지고 하니까. 운을 건 승부 놀이에 끼는 건 정말 대단한 소일거리지! 봐, 내가 이 몽상 같은 놀이에 얼마나 많은 시간을 할애하는지. 항상 카드판 두 개를 가지고 다닌다고. 봐.
(주머니에서 카드판 두 개를 꺼낸다.)
트랑테카랑트의 놀이판을 잘 봐 봐. 큰 컬러 판 양 옆에 두 개의 작은 판이 있어, 그리고 판 전체를 가로지르는 창 모양이 보이고 중간에 블랙과 레드라고 씌어 있는

게 보이지. 위에는 양쪽에 레드와 블랙이 있는 컬러 영역이 있고, 그 밑의
삼각형에는 인버스라고 되어 있지. 자 유모, 작가 플로리앙[20] 같은 큰 눈으로 룰렛을
잘 쳐다봐야 해.

로몽 자작   잃으려고 그렇게 애쓰는 거야?

드 퐁트렘   응.

로몽 자작   그럼 내 부끄러운 고백을 해야겠군. 나는 이기려고 내기하는데.

드 퐁트렘   그건 잘못된 거야. 그럼 결코 여성을 얻지 못해.

로몽 자작   뭐, 돈이 많을수록….

드 퐁트렘   흥! 자, 봐 봐. 룰렛을 보라고. 두번째 판을 봐. 계속 벨제부스신[21]의 두 가지
색이지. 블랙과 레드. 가운데 세 단의 숫자들이 있어. 그 좌우에 네 개씩 운명의
여덟 칸이 보이지. 첫번째는 망케, 홀수, 패스, 블랙, 두번째는 망케, 홀수, 패스,
레드. 각 숫자 단마다 '12 1' '12 2' '12 3'이라고 씌어 있고. 반대편도 똑같아! 어때,
유모? 아, 그런데 이 기사 복장 괜찮네. 이제 좀 웃긴 투구만 하나 고르면 돼.
여보세요, 투구 좀 보여 주세요.
(주인이 다양한 형태의 희한한 투구들을 가져다 테이블에 놓는다. 동물머리 같은
독특한 모양이 보인다.)
우선 내 카드판을 모으고. 조금 있다가 결정하지. 대체 주머니가 어디 있지?
(카드판을 꺼냈던 주머니를 어렵게 발견한다. 다시 카드판을 넣는다. 투구 하나를
써 본다.)
이 송아지 머리 어때?

로몽 자작   괜찮은데.

드 퐁트렘   얼굴이 밑으로 나오니까 위엄 있어 보이지 않아?

바뢰탱이 들어온다. 부둣가 쪽에서 의상대여점으로 와 유리문을 연다. 양복 차림이다.

드 퐁트렘   바뢰탱, 이제 오나?

바뢰탱   바뢰탱 대령이오.

드 퐁트렘   아홉 여신의 무도회장에서 오는 건가?

바뢰탱   소바주 도박장에 가는데.

로몽 자작   나도 거기로 가려 해.
(의상대여점에서 나가려 한다.)

바뢰탱   아, 안녕히 가세요, 로몽 자작님.

로몽 자작   (악수를 하며)
또 봅시다. 무도회장에서요.
(나가려 한다.)

드 퐁트렘 (테이블에 놓인 인형을 가리키며)

　　아기를 두고 가면 어떻게 하나.

로몽 자작 그러게. 애를 고아로 만들 뻔했네.

　　(인형에게)

　　아저씨에게 감사 드려.

　　(로몽 자작은 나가서 광장을 가로질러 아홉 여신의 무도회장으로 들어간다.)

드 퐁트렘 바뤼탱, 너는 무엇을 입을 거지?

바뤼탱 동부 아프리카 잠베즈 강 유역에 살며 일부다처주의인 인류학자 아니면

　　터키인. 등에 태양 그림이 있는 재킷이 있으면 터키인으로.

　　(주인이 터키인 의상을 들고 와 펼쳐 보여 준다.)

드 퐁트렘 (재킷을 가리키며)

　　원하던 태양이네.

바뤼탱 그럼 터키인으로 하지.

　　(상의를 벗고 바지 위에 터키식 흰색 면바지를 입는다. 주인이 밑단을 부츠 위에

　　묶어 준다.)

　　터키인도 이제는 진부해. 내 생각에 언젠가는 우리가 가재, 샐러드, 배춧속,

　　아스파라거스 다발로 변장하는 날이 올 거야. 여성들은 머리에 물레방아를 이고

　　나타날걸. 나는 진보를 믿지. 그렇고 말고!

드 퐁트렘 뭐라고?

바뤼탱 나 지금 '모니퇴르'에서 오는 길이야.

드 퐁트렘 '모니퇴르'? 그게 뭔가?

바뤼탱 (터키인 옷으로 갈아입으며)

　　아가스 부인이 출판하는, 푸아트뱅가(街)에 있는 『르 모니퇴르』[22] 말이야.

드 퐁트렘 그래서?

바뤼탱 『르 모니퇴르』의 인쇄소. 그게 장소명이야.

드 퐁트렘 거긴 왜?

바뤼탱 오늘 저녁에 갔었다고.

드 퐁트렘 왜?

바뤼탱 내 원고 교정 보러.

드 퐁트렘 무슨 원고?

바뤼탱 (계속 가장 무도회용 의상을 입으며)

　　내 연설문이지.

드 퐁트렘 연설문?

바뤼탱 응, 오늘 발언을 했거든.

드 퐁트렘 어디서?

바뤼탱 어디서 했겠나. 의회에서 했지.

드 퐁트렘 맞아! 그렇지. 자네는 국회의원이지.

바뤼탱 (태양 그림이 그려진 재킷을 입으며)

그래, 의원이지. 너랑은 무관하지. 나는 이제 겨우 마흔한 살이고 무도회에 갈 수도 있지 않나….

드 퐁트렘 가장한 미개인의 모습으로.

바뤼탱 의원이라도 춤을 출 수 있지. 게다가 내 분야는 정치가 아니거든.

드 퐁트렘 그럼 국회에서 무슨 이야기를 했나?

바뤼탱 금융에 대해 말했지. 그것만이 내 입지를 마련해 주니까.

(터번을 두른다.)

드 퐁트렘 그리고?

바뤼탱 그리고 너한테 축하도 하고.

드 퐁트렘 뭐 때문에? 네 연설문 때문에?

바뤼탱 아니, 너의 임명 말이야.

드 퐁트렘 무슨 수수께끼 같은 소리야?

바뤼탱 아니, 무슨 소리야?

드 퐁트렘 뭘 내가 알아야 한다는 거야? 내가 노름에서 질 줄 안다고 했지. 난 그것밖에 몰라. 아, 참. 그 이야기는 로몽 자작에게만 했구나.

바뤼탱 정말이야! 모르는 거야?

드 퐁트렘 모른다니까.

바뤼탱 아까 내 연설문이 들어 있는 『르 모니퇴르』의 교정쇄를 봤지. 내 연설문의 수사적 표현을 교정하면서 내일판의 나머지 부분도 슬쩍 봤어. 바로 관보 부분의 내용을 봤지.

드 퐁트렘 그래서?

바뤼탱 그래서 네가 임명되었더라고.

드 퐁트렘 누가? 무슨 직에? 어디에?

바뤼탱 누굴 임명했냐고? 탕크레드 드 퐁트렘이지. 직책은 왕명 검사야. 다른 곳도 아닌 파리라고!

드 퐁트렘 하느님, 맙소사!

바뤼탱 왜 그래?

드 퐁트렘 아야! 아야! 아야!

바뤼탱 왜 서랍에 손가락이라도 끼었어?

드 퐁트렘 나 보고 검사라고! 검은 옷을 입고! 사각모를 쓰고! 살려 줘, 바뤼탱!

바뤼탱 나는 네가 운이 좋다고 생각했어! 출셋길로 들어섰네. 바로 검사가 되다니!

드 퐁트렘 나는 죽은 거나 다름없는 신세야.

바뢰탱 가엾은 젊은이!

드 퐁트렘 내가 검사라니! 말도 안 돼!

바뢰탱 내일 아침 『르 모니퇴르』에서 보게 될걸.

드 퐁트렘 큰아버지가 한 짓일 거야. 법무 대신의 조카가 돼 보면 알지! 큰아버지는 입버릇처럼 내게 너무 따로 논다는 둥 어딘가 자리잡게 하고 말겠다는 둥 했었지. 아, 법조계에 나를 넣다니. 이런 배신자. 이런 불행한 일이!

바뢰탱 관보 국정란에 났어. 법무 대신의 추천에 따라, 왕명에 따라 등등, 탕크레드 드 퐁트렘 씨를 센 지방 검찰청의 1심 검사로 임명한다. 1월 18일 ××에 튈르리 궁정에서 왕명으로. 루이라고 서명하고 법무 대신의 명으로 등등.

드 퐁트렘 내가! 아! 나라니! 어디로 숨지?

바뢰탱 가장 무도회에.

드 퐁트렘 오늘밤은 그렇다치고. 그럼 내일은?

바뢰탱 내일은 『르 모니퇴르』가 있지.

드 퐁트렘 마른 하늘에서 운석이 떨어지는 거지.

바뢰탱 내일에는 정의실현과 법전이.

드 퐁트렘 수요일에는 한줌의 재로.

바뢰탱 내일에는 법원 대기실, 자료들, 서류들, 궤변이 기다리고 있지.

드 퐁트렘 탕크레드 드 퐁트렘이라는 바보 같은 이름으로 불리다니.

바뢰탱 내일에는 법과 권위를 가진 사람이 되는 거야.

드 퐁트렘 큰아버지에게 저주를 내려 줄 거야.

바뢰탱 나랑은 상관없어.

드 퐁트렘 바뢰탱?

바뢰탱 퐁트렘?

드 퐁트렘 내가 수락 안 할 수도 있지. 그 미친 짓을 하기 전에 많이 생각해 봐야겠어. 나는 부자고 젊으니까….

바뢰탱 잘생겼고.

드 퐁트렘 그런 건 법조계에서는 전혀 도움이 안 돼. 그냥 차라리 장례를 치렀다고 하는 편이 낫지! 진지한 척하면서 오만 리브르씩 받아먹는 건 나랑 정말 안 어울린다고.

바뢰탱 왕권을 상징하는 백합꽃 천장 밑에 서서 공소장을 읽고, 손에는 법과 정의의 저울을 들고.

드 퐁트렘 나를 동정해 줘.

바뢰탱 오른손을 왼쪽 팔 밑에, 왼손을 오른쪽 팔 밑에 넣고, 큰 소매를 휘저으며 열심히 말이지.

드 퐁트렘 그러니까 나를 동정해 줘!

바뢰탱 정말 안됐어.

드 퐁트렘 아니, 삶을 즐길 수도 있는데 사람들을 재판하며 살다니, 정신이상이 아니고서야. 자신이 유창한 줄 아는 벨라르[23] 씨가 떠드는 것을 들으라고. 그동안에 아름다운 아가씨 허리를 잡고 시간을 보낼 수도 있는데, 이게 미친 짓이 아니냐고! 도대체 인간의 이성은 뭐에 쓰는 거지? 붉은 천을 둘둘 말고 자부심을 느끼는 것을 봐. 그걸 자주색 법복이라 부르지. 나는 정말 분노하네. 웃고, 마시고, 새들처럼 노래하고 사랑을 하는 대신에! 재판관님, 검사님! 웬 유치한 허영심이야! 큰아버지는 거기에 아주 집착하지. 판결하고, 분별하고, 시비를 가리다니! 나는 법관 모자도 싫고 거기에 빠진 사람도 싫어!

바뤼탱 뼈아픈 말이군.

드 퐁트렘 내 젊음을 위해 울어 줘.

바뤼탱 펑펑 울지.

드 퐁트렘 난 수락하지 않을 거야.

바뤼탱 해야 돼.

드 퐁트렘 그렇게 생각해?

바뤼탱 퐁트렘, 사실 사법의 검을 좀 휘젓는 일은 유쾌한 거야.

드 퐁트렘 내가 수락할 거라고 생각하는 거야?

바뤼탱 당연하지!

드 퐁트렘 교양있는 신사로서 자주성을 보여 줄 수 있는 좋은 기회야. 법무 대신에게 서한을 보내면 어떨까….

바뤼탱 에이. 숭고한 해답이 올 거 아니거든. '죽을 수밖에'[24] 같은 말보다 하찮은 답을 듣게 될 거야. 그냥 수락해.

드 퐁트렘 지금 위험한 소리를 하고 있는 거 알아? 검사직 수용에 대해 말하는 것을 하찮은 말이라고 하다니 이건 심각한 일이야. 네가 무례하다고 비난을 들을지도 몰라.

바뤼탱 너는 소명이 있어.

드 퐁트렘 아니, 절대 아니라니까. 나는 그런 적성 없어. 그런데….

바뤼탱 그런데 그냥 해….

드 퐁트렘 그건 네 생각이고. 아무튼 오늘 밤밖에 시간이 없는 거네. 그럼 유쾌하게 보내야지! 흥청망청 즐기는 게 고통이 될 정도로! 오늘 밤의 방탕한 자가 내일의 검사를 타락시키더라도! 큰아버지들은 악마에게 보내 버리라지. 아, 조상들, 가발, 법복, 주름장식, 가족의 크고 둥근 감시의 눈들, 법관 아르강, 재판관 오르공, 제롱트 장관![25] 이들을 다 떨게 만들자구. 자, 재미를 보자.

바뤼탱 좋아, 죽도록 놀자고!

드 퐁트렘 내 모자가 어떤가요, 영사님?

바뤼탱 아주 훌륭한데.

2막 오름 부둣가

글라피외가 광장으로 온다.

드 퐁트렘 로몽 자작에게로 가자.

글라피외 (생각에 잠겨)

이제 상황을 어느 정도 파악했어. 경찰서가 바로 근처에 있어 잘 보이네. 붉은 등, 철망이 쳐진 중문이 있고, 소방 펌프라는 글씨가 크게 쓰여 있는 보기 좋은 흰색 벽. 익사자와 질식자를 위한 응급처치. 자유. 공공질서.

(그는 볼품없는 옷을 흔들어 눈을 턴다.)

하느님, 제발 눈을 좀 덜 보내세요. 명령하는 건 아니구요. 하느님, 적당히, 제발 적당히 보내 주세요. 정말 훌륭한 겨울을 맞이하고 있다고 할 수 있네요. 이 추위는 당신이 조종하는 거죠.

(벽보를 한번 바라본다.)

드 푸엔카랄 남작.

(글라피외가 몽상을 한다. 드 퐁트렘과 바뤼탱이 의상대여점에서 나오려고 한다. 드 퐁트렘이 문을 열다 가로등이 비치는 맞은편 벽에 붙은 벽보를 발견한다. 멈춰 선다.)

드 퐁트렘 (벽보를 보면서)

공연 광고인가? 아닌데. 무도회? 무장 공격? 그것도 아니고. 음악회? 그것도 아니고. 도대체 뭐지? 은행가가 돈을 길에 뿌렸다는 이야기군. 내가 한탄할 일은 아니지.

(벽보를 살펴보면서)

이름이 대문자로 쓰여 있네. 드 푸엔카랄 남작이라고.

바뤼탱 부자 중에 부자지!

드 퐁트렘 이름은 스페인계 같은데 프랑스인이네. 백만장자겠지.

바뤼탱 그럼 들어갈까?

드 퐁트렘 잠깐 검을 좀 차고.

바뤼탱 드 푸엔카랄 남작을 잘 알아?

드 퐁트렘 아니.

바뤼탱 난 좀 아는데. 슬픈 백만장자야. 그런 경우도 있어.

드 퐁트렘 우수에 찬 백만장자라. 그런 척하는 거겠지.

바뤼탱 실제로 있어. 실연의 아픔인 거지. 무엇이든 황금으로 되지, 사랑만 빼고. 드 푸엔카랄 남작은, 네가 몰라서 그러는데, 정말 특별해. 절망 속에 사는 백만장자지, 게다가 순진한 자본가야. 시인이라고나 할까, 금융가이기도 하면서. 항상 넋을 잃은 듯해. 처음 보는 사람을 바로 믿어 버리지. 그 사람 방식이야. 신기한 건 그렇게 성공을 했다는 거야. 다른 사람을 믿는 게 성공의 열쇠야. 다른 사람들이 불신을 무기로 삼듯이 말이야. 그를 속이고, 함정에 빠트리는데 그전보다 더 부자가 되는 상황으로 바뀌지. 운이 정말 좋아. 투자한 게 오르고, 뭐 그 외에도 사기당한 게 오히려 그에게 이익이 되는 상황이 되지. 다른 사람들은 남을 속이고 부자가 되는데 남작은 속임을 당하면서 부자가 되었어. 언젠가 남작에게 인사를 시켜 줄게.

드 퐁트렘 네가 예외라고 하는 게 사실은 법칙이어야 해. 백만장자가 모든 것에 항상 속는 것, 그게 도덕적이잖아. 백만장자인 게 그 사람 실수야.

바뤼탱 너도 그렇잖아!

드 퐁트렘 사람들이 나도 그렇다고들 하지. 하지만 확실한 건 나는 결혼을 안 할 거야.

바뤼탱 현자군.

드 퐁트렘 현명하기보단 논리적인 거지. 사람으로서 기질과 존재에 대해 생각해. 푸엔카랄은 우수에 찬 사람이라 약간 만인의 꼭두각시 같아. 슬픈 사람들은 방심한 상태에 있거든. 다른 사람들에게 이용을 당하지. 그런데 이 슬픈 남자는 행복한 사람이야. 모든지 성공하니까. 두 가지가 같이 잘 맞아. 수백만을 버는데 돈을 건드리는 것 같지도 않거든.

바뤼탱 돈을 별로 원하는 것도 아니야. 이 행복한 남자는 엄격한 사람이기도 해.

드 퐁트렘 이 두 가지도 잘 어울리네. 행복과 엄격함.

바뤼탱 푸엔카랄은 그 우수를 위해 최고의 축제를 마련하지. 예를 들면 강박관념이 하나 있는데 노름을 절대로 안 하지. 도박을 혐오한대. 평생 카드에 손을 댄 적이 없대. 자신의 직원들 중에 십 수라도 걸고 룰렛 손잡이를 잡고 있는 것을 보면 바로 내쫓을걸. 우리처럼

(아홉 여신의 무도회장을 가리키며)

도박장에 들어가지는 않지.

드 퐁트렘 증권거래소에는 나가잖아.

바뤼탱 드 푸엔카랄 남작은 오브린가 랑드린가 앙드렌가 아주 흔한 이름이야. 길에 널린 이름이지. 뒤몽, 뒤랑 이런 성처럼 말이야. 그런 이름을 가진 사람 천지지. 스페인 왕에게 대출을 해 주고 드 푸엔카랄 남작의 칭호를 받았다고 하더군.

드 퐁트렘 카랄! 스페인 이름처럼 들려.

바뤼탱 아무튼 정직한 사람이지. 큰 사업에 충실해서 부자가 된 사람이야. 운 좋게 크게 투자를 한 거지. 이 사람은 물을 흐리게 하면서 낚시를 하는 법이 없어. 개천에서 나온 사람인 데도 말이야. 밑천 하나 없이 큰 재산을 모았지. 그런데 이런 재산가들이 드문 건 아니야. 라피트[26]도 핀 하나를 주워서 시작했다잖아.

드 퐁트렘 아, 그래, 그럼 우리 금융 이야기를 할 건가? 금융에 관해 너의 연설문에 들어 있는 거지? 은행가도 꺼져 버리라지. 국회의장도 다 꺼지라고. 미쳐 보자고! 신선이 되어 보자고! 터지는 웃음으로 불을 지르는 거야. 즐겨 보자고!

바뤼탱 (걱정되는 듯 구레나룻을 당겨 볼 만지며)

탕크레드?

드 퐁트렘 재미를 보자고, 즐기는 거야. 제발 즐기자고!

바뤼탱 탕크레드!

드 퐁트렘 그래, 네 말이 맞아. 탕크레드. 다시 생각나네. 내 이름 탕크레드를 어쩌면 좋을까? 이름은 내 신분을 바로 드러내지. 탕크레드! 법관 나부랭이! 그러네. 대부와 큰아버지가 처음부터 작당을 한 것 같아. 한 명은 귀족의 이름을 주고 한 명은 검사로 만들어 주었으니.

바뤼탱 탕크레드! 내 말을 들어 봐. 내일자 『르 모니퇴르』를 생각해 봐. 너는 진지한 공무원이라고. 소바주 도박장에서 얼굴이 알려지면 곤란한 일이 생겨. 경찰이 와 있을 수도 있어.

드 퐁트렘 알아봐야겠네.

(글라피외를 바라보며)

동무, 이 안에 짭새들이 있소?

글라피외 선생님, 저는 사교계 사람이 아니라 속어를 모릅니다.

(멀어진다.)

바뤼탱 (드 퐁트렘에게)

잘 생각해 봐. 내일부터 바로 신성한 의무를 수행하기 위해 불려 갈 텐데 오늘 밤에 얼굴을 마주한 여성에게 엄격한 도덕의 이름으로 추상같이 호령할 수 있겠어? 그 여자가 네 얼굴을 알아보고, 저런 자기야! 이러면 안 되지!

드 퐁트렘 안 봐도 보여! 내가 추상같이 말을 하지. 그럼 그 여자가 무슨 일로 이러세요? 무슨 일이죠? 하겠지.

바뤼탱 급진주의 자코뱅파 신문들과 자유주의 신문 『르 콩스티튜시오넬(*Le Constitu-tionnel*)』이 뭐라 할지 한번 생각해 봐.

드 퐁트렘 파리 일간지의 1면. 카바레와 검사.

바뤼탱 가족들 생각도 해야지. 법조인들에겐 추문이 되는 거고! 탕크레드…!

드 퐁트렘 그러네!

바뤼탱 제발!

드 퐁트렘 그래서 어떡하라고?

바뤼탱 법무 대신인 큰아버지에게 한 가지 양보해.

드 퐁트렘 뭘?

바뤼탱 가짜 코라도 붙여.

드 퐁트렘 가짜 코?

바뤼탱 적어도 검사의 권위는 지켜 주겠지.

드 퐁트렘 그렇기는 한데 내 얼굴의 실루엣을 완선히 바꿔 놓잖아.

바뤼탱 그러니까 널 못 알아볼 거야.

드 퐁트렘   아, 이렇게 희생이 시작되네. 이 코가 내 투구와 경쟁하게 되면 멋진 투구를
   쓴 효과를 다 망칠 거야. 첫 양보, 그 다음엔 어디까지일까?

바뤼탱   가족, 질서, 사회를 위해 무엇인가 협조를 해야지. 자신이 속한 사회를
   존중해야 해. 누구보다 모범이 되어야 하고 말이야. 가짜 코를 달아.
   국회의원으로서 내가 요청하는 거야.

드 퐁트렘   국회가 요청하는 거라면 할 수 없지. 그런데 사실 나한테도 그게 낫지.
   변장을 하면 나한테 책임을 물을 수는 없을 거야. 법무 대신인 큰아버지 머리
   꼭대기에서 무사의 춤을 춰 대도 말이야. 별짓을 다 할 수 있지! 그렇지. 이 코가
   맘에 들어.
   (부른다.)
   어이, 노예 양반!
   (주인이 들어온다.)
   코도 주시오.
   (주인이 가짜 코를 가져온다. 드 퐁트렘이 모자를 벗고 여러 개를 써 본다.)
   법관! 검사! 법조인! 나는 왕명을 받드는 사람이야. 얼마나 불행한 일인가!

바뤼탱   (웃는다.)
   오, 흐후후후후!

드 퐁트렘   늙은 의원아, 너라면 어떻게 할지 보고 싶군. 이 코 어때?

바뤼탱   별로야. 나라면 안경 달린 코로 하겠어.

드 퐁트렘   싫어. 티볼리 극장의 광대 같을 거야. 콧수염 달린 코로 할래.
   (커다란 콧수염이 달린 코를 잘 맞춘다.)
   완벽해. 탕크레드의 코 같아. 자, 이제 가서 미쳐 보자.

의상대여점 주인이 드 퐁트렘과 바뤼탱의 의상을 마지막으로 점검해 준다. 베일을 쓴
여자가 무대 안쪽에서 등장한다. 그녀는 센 강 방벽 근처에서 멈춘다. 머뭇거리고
불안해하며 누군가를 찾는 듯이 둘러본다.

글라피외   (몽상하며)
   드 푸엔카랄 남작, 생-마르크-페이도가 칠번지. 다시 걷도록 하자. 주차 금지.
   마차를 세우는 건 나쁜 일이야. 겨울에는 금지되고 경찰도 막지.
   (부두 쪽으로 한 걸음 떼었다가 베일을 쓴 여자를 발견한다.)
   젊은 아가씨네. 내 생각에 그런 것 같아. 불쌍하게도 나처럼 방황하고 있어! 누가
   나타나기를 기다리나 봐. 어둠 속에 몸을 맡겼군. 나처럼 배가 고프고, 나처럼 추울
   거야. 자, 이제부터 멋진 가면들이 그녀를 정복하겠지. 이 헐벗음, 슬픔, 절망, 그래
   쾌락, 신사분들 쾌락이 여기 있어요!

베일을 쓴 여자가 걸어 나오는 동안 글라피외는 안으로 들어간다. 여자가 베일을 걷는다. 시프리엔이다.

3장
드 퐁트렘, 바뤼탱, 시프리엔, 가면 쓴 사람들

시프리엔 그가 문을 살짝 열고는 말했지…. 뭐라고 했더라. 정확하게 의미를 파악해야 해. 머릿속에서 다시 한 번 그 말을 새겨 봐야지. "침묵과 비밀은 절대 지켜야 해. 압류집행관은 나를 몰라. 내가 여기 왔다는 것을 사람들이 몰라야 해. 내가 돈을 잃어버렸다고 했거든." 내가 놀라 할 말을 잃은 사이에 그가 사라져 버렸어. 그이는 정말 끔찍한 얼굴을 하고 있었지. 계단을 빨리 내려가 버렸어. 내가 머리에 베일을 쓰고 얼른 그를 따라 나왔는데, 못 찾겠어. 나보다 그가 발걸음이 훨씬 빨라. 길모퉁이에서 얼핏 본 것 같은데, 어두워서 다시 놓쳤어. 아, 이제 그가 어디에 있는지 모르겠어. 어디로 갔을까? 이쪽으로 간 것 같은데. 에드가르! 아, 하느님! (도박장으로 다가와 창문으로 아래층을 들여다본다. 두 손을 모으고 정신없이 본다.)
저기 있어!
(갈망과 두려움이 뒤섞인 시선으로 바라본다.)
아, 그이가 맞아. 틀림없어. 남색 양복에 금색 단추. 몸을 돌리네. 불빛이 그이의 정면을 비추고 있어. 들어가서 말을 걸까? 아! 못 하겠어. 오, 하느님, 정말 두려워. 여기가 뭐하는 곳일까? 테이블, 램프, 앉거나 서 있는 남자와 여자들, 저 안쪽에는 유령 같은 사람들이 지나다녀! 아, 그이가 정말 창백하네! 여기가 뭐하는 곳일까? 에드가르! 그가 금을 휘젓네. 손에 가득. 아, 왠지 끔찍한 일이 일어날 것 같아. 에드가르, 어디에 있는 거야?

두 명의 가면 쓴 사람이 들어온다.

가면 쓴 사람 1 (시프리엔을 가리키며)
예쁜 자태군. 자네가 작업하겠나?
가면 쓴 사람 2 난 베일은 싫어.
가면 쓴 사람 1 나는 좋아.
가면 쓴 사람 2 가서 마음껏 정신을 잃으렴.
가면 쓴 사람 1 그럼 가 볼게.
(친구는 무도회장에 들어가게 하고 자신은 시프리엔에게로 다가간다. 시프리엔은

낮은 창을 통해 홀의 내부를 들여다보느라 정신이 팔려 있다.)

시프리엔 (망설이며)

들어가 볼까? 그래. 아니야. 이 장소가 나를 끌어들이면서도 밀어내. 아니야.
들어가면 안 될 것 같이 느껴져. 여기를 지나가는 것만으로도 나쁜 일인 것 같아.
그런데 왜 에드가르가 여기에 온 걸까? 이런 장소에? 사람들은 신이 나 있네. 정말
곤란해. 비양심의 웃음소리가 여기까지 들리는 것 같아. 무서워. 여기 있기도
그렇고 떠나기도 그렇고. 에드가르!

(그를 바라보며)

계속 손에 금을 쥐고 있어! 열이 있는 것처럼 보이기도 하고. 내가 바라보고 있는
것을 안다면! 아! 나를 용서하지 않을 거야. 숨어 있자. 바로 내 앞에서 엄청난
비밀이 진행되고 있는데 내가 알게 된 것을 알면 날 원망할 거야. 우리는 각자
있어야 할 곳에 있지 않아. 그가 여기 있는 것을 알면 안 되고, 그도 내가 여기 있는
것을 알면 안 돼. 그래도 그에게 이야기해야 하는데. 이런 엄청난 장소에서 내가
아니면 누가 그에게 손을 내밀까? 아, 우리는 어떻게 해야 할까? 한 가지 확실한 것
빼고는 아무것도 모르겠어. 내가 그를 사랑한다는 것!

(가면 쓴 사람 1이 시프리엔에게 말을 건다.)

가면 쓴 사람 1 (놀라서 돌아보는 시프리엔에게)

내 말을 믿는다면, 두 개의 문을 통해
꿈이 파리에 내린다오.
연인들에게는 상아의 문으로
남편들에게는 뿔의 문으로.

아름다운 소녀여, 이 문은 상아의 문이라오. 꿈을 꾸러 들어갑시다.

(시프리엔의 팔을 잡는다.)

시프리엔 (그를 밀어내며)

아!

가면 쓴 사람 1 둘이 꾸는 꿈이지. 자, 베일을 좀 걸어 봐요.

(베일을 벗기려 한다.)

시프리엔 아아!

가면 쓴 사람 1 꿈의 값을 지불하지요. 이리 오세요. 아름다운 꿈속에는 초콜릿으로
만든 자고새도 있을 거예요.

시프리엔 이러지 마세요.

(시프리엔은 뒤로 물러서고 가면 쓴 사람은 다가온다.)

가면 쓴 사람 1 아가씨, 기분을 상하게 하려는 건 아니에요. 허리를 잡도록 허락해 주는
관용을 베풀어 주시길 감히 부탁 드립니다.

(시프리엔의 허리를 감싸 안는다. 시프리엔은 그에게서 빠져 나와 무대 정면에 있는

의상대여점 구석으로 숨는다. 가면 쓴 사람이 따라온다.)

시프리엔 (겁에 떨며)

여긴 뭐하는 곳이지?

가면 쓴 사람 1 (껴안으려 다가오며)

아름다운 아가씨, 꿈결 같은 내 품이지요.

시프리엔 (밀어내며)

에드가르가 저기에 있는데! 에드가르, 도와주세요! 아, 여긴 지옥 같아.

가면 쓴 사람 1 지옥. 맞아, 그렇게도 부르지. 런던의 지옥, 파리의 지옥. 사랑스런

지옥이지.

키스해 주세요.

키스를 주세요.

(시프리엔을 다시 껴안는다.)

시프리엔 도와주세요! 근처에 신사분 안 계세요?

드 퐁트렘 (바뢰탱에게서 멀어지며)

잠깐, 누가 날 부르는데?

다른 가면 쓴 사람들이 나타난다. 웃음소리도 들린다.

바뢰탱 (가면의 팔에 안긴 시프리엔에게 시선을 돌리며)

저건… 여성 피조물이야.

드 퐁트렘 여성이잖아!

바뢰탱 그럼 가 봐야지!

드 퐁트렘 얼른 가서 도와야지. 내가 남잔데, 이 사람아!

바뢰탱 그런 생각을 하나? 자네 입장에서! 자넨 법조인일세!

드 퐁트렘 기사 변장을 했으니 이게 나의 진짜 의상인걸. 어차피 내일 법복으로 변장할

거잖아. 신사분, 부인을 놔주시죠….

가면 쓴 사람들 (드 퐁트렘에게 거칠게)

웬 소란꾼이야?

바뢰탱 (드 퐁트렘에게)

저쪽은 여럿이야. 자네가 당할지도 몰라. 혼자서 네 명을 상대할 건가. 제발,

상관하지 말라고.

드 퐁트렘 내가 여기서 혁혁한 행동을 할 수 없다면 뭐라고 이 코까지 붙였겠나.

신사분, 부인의 뜻을 존중하세요.

바뢰탱 놓으라고만 해도 되는데.

드 퐁트렘 아니면 칼을 뽑는 과한 친절을 보이시든가. 자, 칼을 뽑자!

(자신의 칼을 뽑는다.)

뤼탱 목검이잖아. 그건 목재야.

퐁트렘 그럼 어때? 여자를 공격하는 사람은 남자를 무서워하는 법이지. 비겁한 자,
겁쟁이니까. 저자들은 목재도 검인 줄 알 거야.

뤼탱 네가 소녀를 부인으로 봤듯이.

면 쓴 사람 1 (시프리엔에게서 멀어지며)
저 중세시인이 너의 애인이구나. 여보시오, 이 여자를 놔주지만 부인의 뜻을
존중해서는 아니오.
(무도회장으로 들어간다. 가면 쓴 사람들이 드 퐁트렘을 둘러싸고 웃으면서 박수를
친다.)

면 쓴 사람 중 한 명의 목소리 바보 같지만 용감한 사람이네.

퐁트렘 (바뤼탱에게)
봐, 내 말이 맞지.

면 쓴 사람들이 흩어진다. 몇몇은 방벽 쪽으로 몇몇은 도박장 쪽으로 돌아온다.

퐁트렘 (베일로 다시 얼굴을 가린 시프리엔에게)
부인, 제게 베일은 성스런 것입니다. 원하신다면 댁까지 모시겠습니다.
(시프리엔의 침묵.)
아니면 이곳으로 들어오세요. 여기서는 안전할 겁니다. 두려워 마세요. 바뤼탱,
내게 기사도가 무엇인지 봤지?

프리엔 감사합니다.
(방백)
아, 내가 정말 경솔하게 이 시간에 이런 데까지 왔네! 그런데 에드가르가 여기에
있으니. 아, 어떻게든 그에게 이야기를 해야 하는데. 들어가는 건 불가능해. 혹시
그가 나오려나.
(드 퐁트렘에게)
저, 제가 여기서 누굴 기다리는 중인데요, 잠시 여기서 기다려도 될까요?

퐁트렘 당연하지요.

프리엔 정말 감사합니다. 아, 제가 떨려서요.

퐁트렘 (주인에게)
주인장, 여기 의자 하나만 주세요. 부인, 앉으세요.
(시프리엔이 의상대여점 모퉁이에 앉는다. 드 퐁트렘이 바뤼탱을 한쪽으로
잡아끌며)
얼굴을 살짝 봤어.

바뤼탱   로맨스가 시작되는 건가? 매혹적인 여성에게 가서 작업을 해 보게. 나는
   들어가서 게임을 할 테니.

드 퐁트렘   아름다운 아가씨라는 것을 숨기지는 않겠네.

   (바뤼탱이 아홉 여신의 무도회장으로 들어간다. 도박 테이블 근처에 있는 창문을
   통해 한동안 그의 모습이 보인다. 베일을 내린 채 계속 움직임이 없는 시프리엔
   쪽으로 드 퐁트렘이 몸을 돌린다.)

드 퐁트렘   (방백)

   세상에는 두 가지 웃음이 있지. 선함과 함께 오는 건 대부분 실패하지. 그리고
   악함과 함께 오는 것도 있는데 이건 거의 항상 성공을 하지. 우선 처음 걸 시도해
   보자. 안 되면 두번째 걸 시도하면 되니까.

   (큰 소리로 시프리엔에게)

   부인, 아니 아가씨….

   (고민에 찬 시프리엔은 못 들은 듯하다.)

   (방백)

   아름다운 낯선 여성 앞에서 그녀의 우아함을 치하해야 하나 아니면 위엄을
   치하해야 하나? 우아함을 선택하면 아가씨라고 해야 하고 위엄을 취하면
   부인이라고 해야….

바뤼탱의 목소리   (도박장 안에서)

   탕크레드!

드 퐁트렘   (몸을 돌리며)

   무슨 일이야?

바뤼탱   (일층에서 얼굴이 보인다.)

   나 대박 났어.

드 퐁트렘   얼마나 걸었는데?

바뤼탱   이십 루이.

드 퐁트렘   우리 둘이 걸지. 난 십 루이.

바뤼탱   그러지. 자네가 십 루이.

드 퐁트렘   (미소를 띤 채 시프리엔에게 다가가며)

   아가씨….

시프리엔   (의자를 뒤로 빼며)

   선생님! 저를 도와주셨지요!

드 퐁트렘   (방백)

   (어이없어 하며)

   내게 품위에 대한 교훈까지 주는군.

바뤼탱의 목소리   탕크레드!

퐁트렘 왜?

뤼탱 기뻐해.

퐁트렘 내가 잃고 있나?

뤼탱 네가 이기고 있어.

퐁트렘 운이 없군.

뤼탱 (지폐를 한 줌 쥐고 도박장에서 나오며)

　　　판돈이 스물한 배야!

퐁트렘 제기랄!

뤼탱 자네 몫을 직접 가져왔지. 그럴 만하니까.

퐁트렘 얼마를?

뤼탱 십 루이의 스물한 배지. 사천이백 프랑.

　　　(지폐를 한 장씩 책상에 놓으며)

　　　천 프랑짜리 지폐 넉 장, 나폴레옹 금화가 열 닢이야.

퐁트렘 도대체 어떻게 한 거야? 그렇게 딴다는 것은 거의 날 고문하는 거야. 이 나쁜
　　　공돈으로 대체 내가 뭘 해야 하지? 아 그래, 내가 가서 해 볼게. 내가 자네보다 더
　　　운이 좋으니까 이 돈을 잃게 될 거야.

뤼탱 그럼 가 보세.

퐁트렘 아직 아닌데.

뤼탱 (목소리를 낮춰)

　　　아! 멋진 미지의 여인. 베일의 효과야. 분명히 못생겼을 거야. 그만 와.

퐁트렘 조금 있다가.

뤼탱 그럼 내가 너 대신 가서 할까?

퐁트렘 안 돼, 너는 불운이 따라다녀. 또 딸 것 같아. 오늘 밤은 내가 계속 운이 없는
　　　것 같아. 운명이 집요하게 불운을 보내지. 무슨 일인지 검사가 되질 않나, 도박에서
　　　따질 않나. 이게 다 무슨 뜻이냐고? 자, 바뤼탱, 내 눈앞에 매혹적인 아가씨가 있어.
　　　내가 지금 있는 힘을 다해서 환심을 사려고 노력 중이거든, 내가 실패한다는 데
　　　내기를 걸지.

뤼탱 자네가 실패한다고! 불가능해. 게다가 코까지 달았잖아.

퐁트렘 코를 떼어낼 거야. 인위적인 것은 뭐든 싫거든.

뤼탱 나는 내 행운에게 간다.

　　　(도박장으로 들어간다. 드 퐁트렘은 시프리엔에게 돌아온다.)

퐁트렘 아가씨, 제가 아가씨에게 선례를 보이려는 건 아니지만 먼저 가린 것을 벗죠.

　　　(손으로 가짜 코를 들어올린다. 시프리엔은 아무런 움직임이 없다.)

　　　제 말은 제가 코를 벗는다구요.

　　　(다시 생각하며)

그러고 보니 그냥 이대로 가린 채로 있지요. 내 순간적인 연정의 대상이 나를
알아보는 위험을 무릅쓰지 않는 편이 낫겠어요. 이 긴 코를 유지하지요. 익명을
유지합시다.

(가짜 코를 다시 만져 잘 붙인다.)

얼마 전부터 글라피외가 등장해 있다. 벽보 쪽으로 다가가 지나가면서 보고는 아홉
여신의 무도회장 모퉁이 뒤 어둠 속에 숨어 있다. 센 강변과 도박장에 등을 돌리고 있다.

4장
동일 인물들, 글라피외와 에드가르 마르크

글라피외 마치 내가 어떻게 할 수 있는 것처럼 계속 그 아가씨와 할아버지 생각을
하다니! 내가 정신이 이상한 거지. 바보처럼 계속 은행가의 집에 할아버지의 돈이
있다고 반복해서 말하고 있으니. 난 왜 이렇게 바보인 걸까. 내 주머니가 비어
있다는 생각은 못 하고 푸엔카랄의 금고가 가득 찬 것만 생각해. 아, 결국 루슬린이
승리하겠지. 원칙적으로는 도둑인 그가 승리하기를 바라야 하는데. 그런데 나는
엄격한 편이 아니야. 게다가 내가 도둑이라고 할 수 있을까? 그렇게 불릴 수
있을까? 법정은 내게 도둑이란 타이틀을 주었지. 양심에 손을 얹고 생각해 봐도
나는 그렇게 불릴 이유가 없어. 나는 루슬린을 증오해! 그러나 그가 승리하는 것을
보게 될 거야. 악마 외에 다른 신은 없으니까. 그리고 루슬린은 악마의 선구자야.
눈이 이렇게 쌓일 수가. 내리고 또 내리네. 모든 발자국이 다 지워지네.
(도박장 문이 열린다. 에드가르 마르크가 나온다. 글라피외를 보지 못하고
글라피외도 그를 보지 못한다. 글라피외가 벽 모퉁이 뒤에 서 있기 때문이다.)

에드가르 마르크 돈을 잃었어.
(재킷을 열고 지갑을 꺼내 무대 중간의 눈 위에 던진다. 성큼성큼 부둣가 쪽으로
걸어간다. 방벽 위로 올라간다. 하늘을 향해 팔을 든다.)
내 사랑, 영원히 안녕!
(몸을 돌린다. 방벽 뒤로 머리부터 사라진다.)

시프리엔 (떨면서 일어나다 베일을 떨어뜨린다.)
무슨 목소리를 들은 것 같은데!

드 퐁트렘 세상에! 이렇게 예쁠 수가!
(창문을 내다보면서)
아가씨, 밖에 아무도 없어요.

시프리엔 (근심에 가득 차 다시 앉으면서 얼굴을 손으로 가린다.)

아, 내가 불길한 꿈을 꾸는 걸 거야.

에드가르 마르크가 지른 소리에 글라피외가 고개를 든다. 무대 안쪽으로 몇 발자국 걸어간다. 도박장 문 앞에 이르러 어둠 속을 응시한다. 그리고 땅을 바라본다. 눈 위에 방금 찍힌 새로운 발자국을 따라가다가 발자국이 끝나는 방벽에 도달한다. 방벽 너머인 어둠 속으로 몸을 굽혀 본 후에 고개를 돌린다. 도박장에서는 음악과 춤추는 소리가 흘러나온다.

글라피외　파산한 노름꾼이군.
　　(어둠 속을 바라본다. 그리고 돌아본다. 그는 도박장 문과 센 강 부둣가 사이를 왔다 갔다 한다.)
　　생-클루에 쳐진 그물[27]에 걸리겠군. 부르르! 정말 추워!
　　(땅바닥에서 지갑을 발견한다.)
　　그 사람 지갑이네.
　　(지갑을 주워서는 열고 흔든다. 지갑은 비어 있다.)
　　내가 가지고 있어야지. 물에 빠진 도박꾼의 빈 지갑은 목맨 사람의 밧줄과 같은 거지. 행운을 가져다 줄 거야.
　　(지갑을 주머니에 넣고 무대 정면으로 돌아온다.)
　　내일 영안실에 볼거리가 있겠군. 아이들이 즐거워하겠어.

노름꾼과 가면들이 서둘러 도박장에서 나온다. 사람들. 센 강의 방벽으로 달려가 바라본다. 그들 중에는 아연실색한 바뤼탕도 있다.

바뤼탕　탕크레드!
드 퐁트렘　왜 그러는가?
바뤼탕　그 남자를 봤나?
드 퐁트렘　어떤 남자?
바뤼탕　방금 강에 뛰어든 사람 말이야.
드 퐁트렘　사람이 강물에 뛰어들었다고?
바뤼탕　돈내기를 한 사람인데 잃었거든.
프리엔　(의자에서 일어서면서)
　　오, 하느님!
뤼탕　젊고, 구리 단추가 달린 남색 양복을 입었어. 머리숱도 많고 잘생긴 젊은이야.
프리엔　(당황해서 두 팔을 부여잡고 꼬면서)
　　그이야!

드 퐁트렘 물에 빠진 사람이 있다니! 강에 들어가 봐야겠어.

바뤼탱 제정신이야? 조금 전에 식사를 한 상태잖아.

시프리엔 (정신없이)

　　구해 주세요! 구해 주세요! 아! 나도 죽어요.

　　(거의 기절한 상태로 의자에 주저앉는다.)

드 퐁트렘 걱정마세요, 아가씨. 제가 가 볼게요.

　　(외투에서 한쪽 팔을 뺀다.)

의상대여점 주인 땀이 나시나 봐요.

가면 쓴 사람 코가 물에 젖을걸.

드 퐁트렘 내가 물에 들어간다고 했지!

바뤼탱 (옷을 강제로 다시 입히며)

　　바보짓 그만해. 물에 빠진 사람은 하나로 족해.

드 퐁트렘 저렇게 사람을 죽게 내버려 둘 수는 없지. 시간이 없어. 여보세요, 혹시
　　용감한 분 계시나요?

글라피외 (무대 안쪽에서)

　　부르르! 정말 춥네!

드 퐁트렘 (테이블에 있는 돈을 바라보며)

　　아! 돈이 있었지! 여러분, 물속에 뛰어들어 젊은이를 구해 오는 사람에게 사천
　　프랑을 드립니다!

글라피외 (눈을 빛내며)

　　어디 사천 프랑이 있다는 거요?

드 퐁트렘 여기요. 그리고 십 루이도 있어요.

글라피외 (드 퐁트렘에게)

　　당신, 정말 내 맘에 드네요. 마른 옷을 입기 위한 십 루이라. 좋아요.

　　(웃옷을 벗는다.)

　　제 껍질을 좀 보관해 주세요.

　　(드 퐁트렘이 웃옷을 받는다.)

　　내가 뛰어들지요.

드 퐁트렘 (글라피외에게)

　　수영할 줄 아시오?

글라피외 사천 프랑이 생긴다고 하면 누구나 수영을 할 줄 알게 되죠. 자, 입수합니다.
　　부르르!

　　(힘껏 달려가 방벽 너머로 뛰어든다. 도미노 의상을 입은 관중들과 가면을 쓴
　　사람들이 무대 안쪽으로 달려가서 그를 지켜본다. 불분명한 목소리들. 도박장
　　안에서 음악과 춤추는 소리가 들린다.)

목소리 (군중 속에서)

그가 사라졌어.

다른 목소리 다시 보인다.

다른 목소리 헤엄을 치네!

다른 목소리 팔을 휘젓는다!

다른 목소리 이제 안 보여.

다른 목소리 강이 이렇게 시커멓다니!

다른 목소리 물에 빠진 사람을 위해서 불을 크게 지펴야 할 거야.

다른 목소리 경찰서로 가자. 바로 옆에 있어.

다른 목소리 구조장비가 제대로 있는지 확인해야 해.

다른 목소리 항상 준비되어 있어. 질식한 사람들을 구하기 위해.

다른 목소리 들것이 필요해.

다른 목소리 서둘러!

다른 목소리 의사도 필요해.

광대 (가면을 벗으면서)

대기했소.

드 퐁트렘 광대요?

광대 그리고 의사이기도 하지요.

바뤼탱 딱 맞췄군. 어디든 의사가 한 명은 있어. 내가 요즘 보기에 그래.

드 퐁트렘 (시프리엔에게 다가가며)

가여운 아가씨가 거의 기절 상태네. 다시 정신을 차리고 있어. 동요할 만도 하지! 물에 빠진 사람에게 마음을 두고 있는지 누가 알았겠어.

바뤼탱 (무대 안쪽의 방벽에 기대며)

탕크레드!

드 퐁트렘 왜?

바뤼탱 탕크레드! 물결에 따라 다른 사람의 몸을 업고 있는 것 같이 보이는데.

드 퐁트렘 사천이 아니라 십만 프랑을 줘야 해.

바뤼탱 가까이 온다.

목소리 (군중 속에서)

그가 온다!

다른 목소리 그를 데려왔어!

군중 브라보!

위의 희미한 불빛 아래 한 무리 사람들의 윤곽이 드러난다. 의식이 없는 에드가르 르크를 두 팔로 들고 온 건 글라피외다. 에드가르 마르크를 방벽 위에 내려놓고 옆에

선다.

글라피외 여기 데려왔소.

바뤼탱 죽었소?

글라피외 나를 뭘로 보는 거요? 죽다니! 그럴 리가! 나는 산 사람만 데려오지요. 난 의사들과는 달라요!

목소리 (군중 속에서)

의사! 의사는 어디에 있는 거야?

바뤼탱 이봐요, 광대. 의사라고 하셨잖소?

광대 저요? 여기 있소. 좀 비켜 주시오.

(에드가르 마르크에게 다가간다. 사람들이 길을 터 준다.)

목소리 (군중 속에서)

유명한 의사인 것 같은데.

다른 목소리 의사 뒤퓌트렝이라고 하던데.

경찰들이 들것을 가지고 온다. 에드가르 마르크를 위에 누인다.

다른 목소리 (군중 속에서)

물에 빠졌던 사람이 움직이지 않아.

다른 목소리 (군중 속에서)

눈을 감고 있네.

글라피외 물을 마셔서 그래요. 심장을 만져 봤는데 박동은 있어요.

의사 (에드가르의 박동을 재면서)

살아 있습니다. 빨리 병원으로 옮겨 소생시켜야 합니다. 몰려 계시지 마세요. 여러분들이 공기를 다 마시고 있어요. 이 사람은 죽지 않았어요. 이 사람을 위해 말하는 거예요.

(시프리엔, 정신을 차리고 열심히 듣는다.)

시프리엔 다행이야! 정말 끔찍한 일이지!

경찰이 운반하는 들것이 경찰서 쪽으로 이동한다. 군중이 따라간다. 시프리엔도 군중에 묻혀 들것 뒤로 사라진다. 글라피외와 드 퐁트렘만이 무대에 남아 있다. 드 퐁트렘은 테이블의 돈을 집어 완전히 젖은 채 의상대여점으로 들어오는 글라피외에게 간다.

드 퐁트렘 여기 약속한 사천 프랑이요.

글라피외 아, 참 그렇죠.

드 퐁트렘   그리고 나폴레옹 금화 열 닢도요.

글라피외   나폴레옹 금화 열 닢도.

드 퐁트렘   그리고 감사합니다.

글라피외   신사분, 당신은 식사를 했죠. 우리들은 식사를 못 하는 대신 이런 일을 할 수
있지요. 인명을 구할 수 있단 말입니다.

드 퐁트렘   자, 그럼 나는 이만 가 보겠소. 저 가엾은 젊은이의 상태를 보러 가겠소. 빨리
몸을 말리고 옷을 입으시오. 몸이 얼겠소.

글라피외   인명을 구하는 것이 의무라면 따르고 몸이 얼 수밖에요.

드 퐁트렘   당신은 정말 용감한 사람이오. 또 봅시다.

    (드 퐁트렘이 들것이 나간 쪽으로 간다.)

글라피외   (방백)

    나는 앞으로 일에 대해 아무것도 바라는 게 없어. 되는 대로 사니까.

경찰관   (무대 안쪽에서)

    물에 빠진 사람을 구한 분! 경찰서로 상금을 타러 오세요.

    (답이 없다. 경찰관이 사방으로 찾는다. 글라피외는 의상대여점 구석에 몸을
숨긴다.)

    아니, 어디로 갔지? 여기 없나?

글라피외   (방백)

    네, 여기 없어요. 경찰소굴에 직접 들어가는 것보다 없는 편이 더 낫죠!

    (경찰관이 나간다. 글라피외는 지폐 넉 장을 접는다.)

    무엇보다도 이 지폐를 안전하게 보관하자.

    (외투 주머니에서 지갑을 꺼낸다.)

    지갑을 줍길 잘했지! 이 지갑이 돈을 퍼 올렸네. 지갑이란 게 빈 걸 싫어 하거든.
바로 지폐를 넉 장이나 뽑아냈지.

    (지폐를 지갑에 넣는다.)

    사랑스런 것들, 이리 들어와. 이제 조용히 지갑 안에 있는 거야. 쉿, 하느님의 돈!

    (지갑을 외투에 넣고는 외투를 입지 않고 걸친다.)

    자, 이제 말린 옷, 새 옷을 입자. 부르르! 아, 춥다, 추워, 추워. 여긴 뭐든지 다 있네.

    (시프리엔이 돌아온다.)

시프리엔   그이에게 다가갈 수가 없었어. 아무도 못 들어오게 하니까. 사람들을 다
돌려보냈지. 그런데 그이가 살아 있어. 창문으로 봤지. 그가 눈을 떴고. 의사가 말을
걸고. 아, 그이가 죽었다면 나도 죽었을 거야!

    (의상대여점으로 들어와 글라피외를 알아본다.)

    아! 그이를 구해 준 분! 물이 뚝뚝 떨어지네. 선생님, 제가 무릎을 꿇고 손에 입
맞추게 해 주세요!

글라피외   제 손에요? 아니요! 그런 혁신적인 짓은 하지 마세요. 아, 당신이군요!

시프리엔   (글라피외를 알아보며)

　　　　　오늘 아침에 뵌 분이시네요!

글라피외   완전히 젖었지만. 네, 글라피외. 당신의 친구죠. 그런데 여기에는 어떻게?

시프리엔   세상에! 당신이 에드가르를 구하셨군요!

글라피외   그런 것 같네요. 제가 이런 비슷한 약속을 드렸잖아요. 아, 에드가르였군요!
　　　　　저는 얼굴을 못 봤어요. 심장을 짚어 볼 생각만 했지. 아시겠지만 잘 살아 있어요.

시프리엔   알아요. 아! 어떻게 감사해야 할지….

글라피외   자, 그럼 제게 감사의 표시를 하는 방식은 모른 척하는 거예요. 이런 식으로
　　　　　말해 죄송한데, 제가 너무 추워서 그래요. 잘 들으세요. 여기 있는 건 잘못된
　　　　　거예요. 에드가르는 생명을 구했어요. 그러니 집에 가세요. 다행히 댁이 근처네요.
　　　　　잘 들으세요. 저를 본 적이 없는 거예요. 제가 앞으로 해야 할 일을 위해 필요해요.
　　　　　일이 다 해결된 게 아니라 이제 시작이에요. 에드가르를 우연히 구했는데
　　　　　다행이지요. 지나가다 우연히 구한 거예요. 다행이에요. 그러나 할아버지 문제도
　　　　　있고 당신 문제도 있지요. 그러니 저를 전혀 모르는 걸로 하세요. 제가 어디로 가야
　　　　　해결할 수 있을지 모르지만, 알 수 없는 일이지요. 앞으로 할 일을 위해 혼자 있어야
　　　　　해요. 그러니 당신은 나를 본 적이 없는 거예요. 분명히 말씀 드렸어요.
　　　　　이해하셨지요? 댁으로 돌아가세요. 더 이상 말하지 말고요.

시프리엔   무슨 말씀인지 이해는 안 되지만 말씀대로 할게요.

글라피외   그럼 빨리 댁으로 가세요.

시프리엔   에드가르를 구하셨어요. 언제든 제 생명이 필요하시면 바로 드릴게요.

글라피외   그를 위해 생명을 간직하세요.

시프리엔   오! 하느님, 이분에게 축복을.

글라피외   무척 춥군! 어이, 옷장수!

시프리엔   당신은 우리의 수호천사세요.

글라피외   오히려 당신의 착한 악마죠. 난 불법으로 하니까.

　　　　　(가라고 손짓을 한다. 시프리엔이 나간다. 의상대여점 주인이 나타난다.)
　　　　　서둘러 줘요. 따뜻한 불, 그리고 옷도 주세요. 신사복으로요.

3막

드 푸엔카랄 남작의 집

3막
드 푸엔카랄 남작의 집

등장인물
글라피외
루슬린
에드가르 마르크
드 푸엔카랄 남작
관리인
하인들

부유하지만 간결한 커다란 집무실. 오른쪽에 큰 철제 금고가 보인다. 금고 옆 움푹한 곳에 철제 침대가 놓여 있다. 금고 앞에는 입식 책상이 있다. 책상에는 초 꽂이가 세 개 달린 촛대가 있다. 책상 밑에는 휴지통이 있다. 왼쪽에 중문이 있다. 문 너머에는 불이 활활 타는 벽난로가 있다. 벽난로 위에는 라브리오[28]가 제작한 괘종시계가 있다. 벽난로 뒤에는 장식장이 있고 장부들이 놓여 있다. 그 중 하나는 펼쳐져 있다. 왼쪽 구석에 쌍여닫이문이 보인다. 무대의 안쪽으로 발코니로 나가는 큰 창문이 있다. 그 창문 유리를 통해 큰 정원이 보이고 서리가 내린 나뭇가지들이 보인다. 밤이다.

1장
드 푸엔카랄 남작, 루슬린, 관리인

드 푸엔카랄 남작이 검은색 옷에 모자를 쓴 모습으로 등장한다. 모자에는 상장(喪章)이 달려 있다. 머리가 반백이지만 아직 젊어 보인다. 목에 은줄을 두른 관리인이 세 개의 초 꽂이가 달린 촛대에 촛불을 켜고 먼저 들어온다.

드 푸엔카랄 남작 (장갑을 벗으며)

　몇 시죠?

관리인 (괘종시계를 바라보며)

　아홉시 반입니다.

드 푸엔카랄 남작 (입식 책상 위에 모자를 놓으며)

　누가 왔나요?

관리인 루슬린 씨가

  (중문을 가리키며)

  와 있습니다.

  (관리인이 촛불을 벽난로 위에 놓고 서한이 놓인 은쟁반을 드 푸엔카랄 남작에게
  가져온다. 남작은 대강 훑어보다가 큰 빨강색 봉인이 있는 서한에 시선을 멈춘다.)

드 푸엔카랄 남작 이건 무슨 편지지?

  (봉인을 살펴본다.)

  경찰.

  (멈추며)

  경찰이 나한테 무슨 볼일이 있나?

  (봉인을 열고 읽는다.)

  경찰청장실. 비밀경찰. 사고와 자살.

  (조용히 서한을 읽는다. 관리인에게 큰 소리로)

  아직 사무실에 사람들이 있나요? 직원들은 이미 퇴근하지 않았나요?

관리인 아직 있습니다. 열시에나 퇴근합니다.

드 푸엔카랄 남작 이번 주에는 에드가르 마르크 씨가 저녁 당직이 아닌가요?

관리인 그렇습니다. 남작님.

드 푸엔카랄 남작 사무실에 있는지 알아보세요. 있으면 바로 여기로 보내라고 하세요.

  없으면 거처하는 곳으로 사람을 보내 알아보도록 하세요.

  (관리인은 쟁반에 있던 서한을 책상에 내려놓고 중문으로 향한다.)

  루슬린 씨 들어와도 됩니다.

드 푸엔카랄 남작은 관리인이 책상 위에 두고 간 서한을 열어 읽으며 메모를 하거나
바로 바구니에 버리기도 한다. 관리인이 중문을 열고 루슬린을 안내한다. 루슬린은 잘
아는 사람에게 하는 손짓을 관리인에게 하고는 조용히 들어온다. 관리인은 나간다. 드
푸엔카랄 남작은 등을 돌리고 있어 루슬린을 보지 못한다. 그는 계속해서 서한을 읽고
있다. 금고 근처에 서 있다. 생각에 잠긴 루슬린은 드 푸엔카랄 남작과 조금 떨어진 곳에
서 있다.

루슬린 인간이란 참 이상한 존재지. 우리는 인간을 잘 몰라! 언젠가 내가 기마병이었을
  때 어떤 여자가 나를 보고 웃었지. 그 여자를 잡아먹을 뻔했어. 내가 영리만
  추구한다고 알고 있지만 사실 나는 자존심이 아주 강한 사람이야. 통념, 상투적
  생각, 고정관념들이 조금이라도 현실이나 실체를 반영하나? 나를 보면 내가 어떤
  사람인지 파악하고 진정한 나를 알아보느냐고?

  (어깨를 으쓱한다.)

  당신들은 정말 바보들이야! 금융이나 사업에 종사하는 사람들을 보면, 그들은

냉정하고, 차갑고, 단지 지갑의 상태에만 관심이 있지. 자산의 증가나 감소, 투기와 계산, 숫자에만 빠져 있다고. 그들은 어떤 인간적 열정도 없는 사람들이고 여기에서 아무것도 못 느끼는 사람들이지.

(자신의 가슴을 두드린다.)

그런데 나는 모든 것에 감동해. 나는 여기에 심연을 품고 있어. 돈을 좋아하느냐고? 아니, 나 자신을 좋아해. 사람들이 날 좋아하길 바라지. 여자들의 환심을 사고 싶어. 자유의지든 강제든 나는 환심 사는 것을 좋아하지. 나를 좋아하지 않으면 비극이야! 모욕이 나를 후벼 파지. 대머리고 못생겼다는 것이 나를 분노하게 해. 누구에게 분노하냐고? 나도 몰라. 아, 감히 당신을 무시하고, 당신을 우습게 여기고, 늙었다고 업신여기는 사람들을 응징하는 것, 이 얼마나 큰 기쁨인가! 내게는 감성이 없냐고! 천만에! 분노로 치를 떨고 있지. 내가 웃어도 그걸 믿으면 안 돼. 나는 정확히 받은 대로 돌려주는 사람이야. 열정은 바로 내 골수와 같아. 내가 악을 악으로 돌려줄 때는 원한 때문이 아니라 복수를 하는 거지. 내가 태양을 원망한다면 그리고 그 태양의 눈동자가 내 것이라면, 세상을 암흑으로 만들기 위해서 심지어 내 눈이라 해도 찔러 버릴 거야! 그 누구도 나만큼 증오할 수는 없지. 우리가 비정하다고 말할 때는 사람들이 다 잘못 알고 있는 거야. 난 영혼이 없냐고! 내가! 나는 내 영혼이 이를 가는 소리를 들어. 늙은 바보의 삼만 프랑이 바로 이 금고에 들어 있지. 내가 원해야 돈이 나와. 이 금고는 내 공범이야. 금고는 단단하고 침묵을 지키지. 나도 금고처럼 철의 남자야. 나도 내 자물쇠가 있다고. 열쇠업자 위레와 피세는 이 금고를 열 수 있지만 악마도 내 자물쇠는 열 수가 없어.

(몽상하면서)

이 가족이 나를 모욕했지. 내가 맘만 먹으면, 그래, 이만오천 프랑의 신용장을 거절하고, 대리서명을 걸어 사기죄로 소송을 하는 거야. 모든 건 그 가련한 자들에게 달려 있어.

드 푸엔카랄 남작 (뒤를 돌아보며)

아, 루슬린 씨가 왔군요. 마침 할 말이 있어요.

루슬린 (깊은 생각에 잠겨)

(방백)

이를테면 한 가지 확실한 것은 모든 사람들이 나와 같다는 거지. 누구나 모욕을 당하면 그냥 참지 않는다는 거야. 내가 난제를 제시했지. 정말 난제야. 둘 중 하나로 결론이 나야 해. 그런데 이상하지. 지금 생각해 보니까 그 여자아이가 못생겼다고 느껴지네. 늙은 할아비를 사기꾼으로 몰아 법 앞에 넘기는 것은 모두 내게 달렸어. 아니면 그 바보 같은 계집애랑 결혼을 한 다음 복수를 하는 거지. 복수하는 건 정말 괜찮을 거야.

드 푸엔카랄 남작 (루슬린에게 다가와 어깨에 손을 얹으며)

무슨 생각을 그리 하시오?

루슬린 (몽상에서 깨어나 웃으면서)

아무것도 아닙니다.

(몸을 크게 숙여 인사한다.)

남작님께 정중히 인사 드립니다.

드 푸엔카랄 남작 할 이야기가 많아요.

루슬린 (방백)

복수를 하는 게 정말 좋은데.

드 푸엔카랄 남작 루슬린, 내가 결정해야 할 일들이 많아요. 우선 잊어버릴까 봐 바로 이야기하자면, 이 금고가 안전하다고 생각하시오? 정원의 벽을 뛰어넘고, 발코니로 기어 올라와 유리창을 깨면 바로 이 방이오. 이 저택을 짓고 새집에 들어온 지 이제 일주일이오. 그런데 벌써 문제점이 보이오. 건축가들은 건축을 위한 건축을 하지요. 안에서 살려고 해 보면 쉽지가 않아요. 여기서 연극 공연을 해도 될 듯해요. 그런데 금고가 잘 지켜지는 것 같지는 않아요. 창문에 쇠창살을 다는 것은 반대요, 감옥에서 살고 싶지는 않으니까. 금고지기를 두는 게 좋겠어요. 여기서 자는 관리인이 필요해요. 그럼 금고가 잘 지켜질 거예요. 관리인을 좀 알아봐 줘요. 나도 찾아 보고 루슬린 씨도 찾아 봐요. 그리고 하고 싶은 이야기는, 내가 당신을 신임하지요. 아마 내가 고용한 모든 사람들 중에서 이런 밤 시간에까지 믿을 수 있는 유일한 사람일 거예요. 당신은 종교가 있고 정직하고 명석하죠. 그래서 맘을 터놓을 수 있어요. 사업에서 내가 원하는 대로 되지 않는 부분이 있어요. 개혁이 필요한 부분이 있지요. 나는 지금까지 무관심으로 신용을 얻었죠. 어떻게 하겠소. 나는 너무 부자고 가족도 없으니 그냥 기계적으로 사업을 하고 사업은 내 삶을 대신해 왔죠. 내가 부를 그다지 영광스럽게 생각하지 않았기 때문에 아마도 돈이 오히려 집요하게 따라오는 것이 아닌가 싶소. 나는 너무 부자요. 그런데 독신이죠. 가족이 없어요. 계속해서 기계적으로 사업을 하고는 있어요, 소일거리가 필요하니까요. 이제 톱니바퀴처럼 기계적으로 돌아가는데 사실 나는 어떻게 되든 관심도 없소. 재산을 더 불려서 뭐에 쓰겠소? 적어도 천오백만 프랑이나 되는 유산을 남길 사람도 없는데.

루슬린 (방백)

결혼을 하는 게 낫지.

드 푸엔카랄 남작 그래도 어쩔 수 없이 살아 있는 한, 사업가의 삶이 부과하는 의무를 제대로 해야 하오. 내 사업에 관여된 사람들이 범죄, 사기 또는 부패에 연관되어서는 안 돼요. 사람을 믿는 것은 좋아요. 하지만 속는 것은 안 돼요. 루슬린, 당신은 정직하고 엄격한 사람이오. 지금부터는 당신 외에는 아무도 믿지 않겠소. 내가 엄격한 사람이란 걸 명심하는 게 중요하오.

루슬린 (방백)

내가 조정하는 또 한 명의 사람이군!

(깊이 숙여 인사하며)

남작님!

(방백)

엄격한 줄 알지만, 그것보다 당신은 슬픈 상태야. 이 남자는 선량하고 엄격해. 슬픔 때문에 생긴 일종의 우둔함이랄까. 선량함에 더한 엄격함, 그 결과가 바로 슬픔이지. 바로 이 슬픔 속을 측량해 봐야 해.

드 푸엔카랄 남작 사업이 우울한 사람들을 치유하기 위해 효과적인 이유는 자잘한 일거리들이 끊임없다는 거예요. 자잘한 고민거리들이 큰 고통을 막아서 잊게 해 주죠. 필요한 번민이에요. 루슬린, 이 저택에 있는 사람들을 감시할 필요가 있어요. 그들은 결함이 있거나 지나치게 열정적이죠. 이 두 가지 모두 내가 싫어하는 것이에요. 예를 들면 집행관들이 내 명의로 압류를 많이 해요, 사방에서 소규모 채무자들에게 압류 집행을 하죠. 이것이야말로 가증스런 과도함이에요. 이제 그런 일들을 좀 정리합시다. 당신에게 그걸 맡기겠소. 압류에 대해서 보고서를 작성하여 주시오. 진행 중인 경우 대상자 명단과 내용을 알려 주시오. 자세한 정보와 제안을 해 주길 기대하겠소. 악한 사람들에게는 엄격해야지요. 그러나 불행한 사람들에게는 자비를 베풀어야 하오. 고통받는 사람들을 가혹하게 대하는 것보다 더 참기 어려운 것도 없소. 그것도 내 이름으로 말이요! 은행이란 것이 자비로 운영되는 게 아니란 건 알아요. 하지만 가련한 사람들을 좀 내버려뒀으면 해요!

루슬린 제가 생각하고 있던 바를 바로 남작님께서 말씀하시니 정말 기쁩니다. 저도 압류의 남용에 대해 말씀 드리고 싶었습니다. 남작님께서 제게 마침 그 말씀을 하시니 말인데, 저로 말하자면, 제 한도 내에서 할 수 있는 걸 할 뿐입니다. 제가 아무것도 아니기 때문에 기회가 되면 할 뿐인데요. 남작님, 파리의 저기 어떤 거리에 추키모라 불리는 늙은 음악선생이 하나 있습니다. 너무 미약한 사람이라 남작님은 모르시는 사람입니다. 이 사람이 돈은 없고 채무뿐입니다. 레슨으로 근근이 사니까요. 그리고 이 음악가에게는 딸이 있는데 비참한 지경에 있습니다. 음악선생이 서명한 어음이 남작님 금고에 있고, 지불이 거절되어 압류가 진행되었습니다.

드 푸엔카랄 남작 내 명의로?

루슬린 그런 줄 압니다.

드 푸엔카랄 남작 가구는 경매로! 이 가족은 빈털터리로 집에서 쫓겨나겠군. 파멸이야!

루슬린 완전히 그런 것은 아닙니다. 집행관이 모르는, 음악을 배우던 부유한 외국 학생인 것 같은 젊은이가 나타나서 일단 지불을 했습니다.

드 푸엔카랄 남작 존경받을 만한 젊은이야! 그럼 그 가족은 구제가 되었겠군.

루슬린 완전히 그런 건 또 아닙니다. 지불을 하는 것은 그리 큰일이 아니었습니다. 그건 견뎠지요. 압류집행관과 집행관을 보고 음악선생이 제 정신이 아니있습니다. 정신에 타격을 입고, 착란이 와 병이 났지요. 그 사실을 제가 알게 되었습니다. 제가

94

생각하기에 잘못이 있었던 거죠. 남작님이나 저의 잘못은 아니지만 아무튼 잘못된 거라 생각해 보상해야 한다고 생각했습니다. 그래도 누가 압니까? 제가 저도 모르게 압류집행관의 집행 결정이라는 오류에 관여했을지요. 상처를 입었고 이제 그걸 치유해야 합니다. 게다가 그들은 비참한 상황에 있습니다. 남작님, 저는 미혼이고 사만 프랑의 수입도 있으니 추키모 음악선생의 딸에게 청혼을 했습니다. 그의 딸과 혼인을 하는 거죠. 이것이 제가 보상하는 길이라 생각했습니다.

드 푸엔카랄 남작 루슬린 당신이 그런 일을 했단 말이요! 손 좀 잡아 보게 이리 주시오. 루슬린, 당신은 정말 내 친구요! 루슬린 당신은 나보다 훨씬 괜찮은 사람이오.

루슬린 (고개를 숙이며)

남작님…!

드 푸엔카랄 남작 당신은 하지도 않은 잘못에 대해 배상을 하는데 나는 내가 저지른 실수에 대해 배상을 하지 않고 있소.

루슬린 남작님!

드 푸엔카랄 남작 (모자를 가리키며)

이 상장(喪章)을 보시오.

루슬린 깃에 항상 있는 것을 보았습니다, 남작님.

드 푸엔카랄 남작 아마 계속 보게 될 것이오. 만에 하나 신이 돕지 않는 한…. 벌써 오래전부터 이 상장을 달고 있지요. 이 상장은 바로 내가 저지른 잘못에 대한 애도의 표시요. 루슬린, 정말 당신은 마음이 따뜻한 사람이요. 아, 그 가여운 여성이랑 결혼을 한다구요! 정말 당신은 무한히 믿을 수 있는 사람이요. 부자이면서도 무일푼의 여성과 혼인한다구요. 파리의 명사인 당신이, 외국인 가족, 어쩌면 망명 중인 가족에게 조국을 제공하는 것이오. 당신은 정말 나보다 훌륭한 사람이요. 정말 그래요. 내 앞에 있는 당신은 내게 질책을 떠올리게 하오. 당신은 나의 후회요. 감사하오. 당신의 의무도 아니건만 당신이 오늘한 건 내게 이십 년 전의 의무였던 것이오. 내 말을 들어 보시오. 지금까지 아무에게도 한 적이 없는 이야기를 듣게 될 거예요. 루슬린, 나는 과거가 있어요. 매혹적이지만 어두운 과거지요. 번영, 성공, 수백만의 자산, 이런 건 내 마음속 깊은 그림자를 지우지 못하오. 부는 다른 것들과 마찬가지로 하나의 모험일 뿐이지요. 소일거리라고 해 두지요. 그 이상의 의미는 없어요. 젊은 시절부터 슬픔을 간직하게 되면 기쁨은 영원히 없는 것이오. 루슬린, 시프리앙 앙드레가 드 푸엔카랄 남작을 짓누르고 있소, 아시오? 내 본명은 시프리앙 앙드레요. 남작은 내 이름의 의복일 뿐이오. 밤에 걸치는 황금 망토 같은 것이지요. 시프리앙 앙드레, 이 이름을 가진 나는 오랫동안 별 볼 일 없는 사람이었소. 별 볼 일 없지만 행복한 남자였지요. 재산이 생기고 나서는 드 생 앙드레가 되었지요. 재산을 형성하는 것은 아무것도 아니라오. 의무를 다하는 것이 그 무엇보다 중요하지요. 내가 의무를 다 했느냐? 아니요. 그래서 고통을 받고 있소. 나는 나이보다 흰머리가 많아요. 맞소. 내가 젊을 적에 가난했지만 한 여성을 사랑했소. 나보다 더 젊고 더 가난했던 여성을요. 그녀에게 결혼을 약속했지요. 그녀는 나를 믿었고, 나도 나를 믿었지요. 진심으로 믿어 죄를 지은 셈이지요. 왜 결혼을 미뤘냐구요? 우리는 둘 다 가난했어요. 그것이 그녀의 불행이었고 나의 잘못이었어요. 그녀는 고아였거든요. 러시아인들에게 포로가 되어 사망한 병사의 딸이었어요. 망사르드식 다락방에서 있었던 오래된 사랑 이야기지요. 비밀스런 만남, 일별의 기쁨, 그리고 뒤늦은 책임감. 그녀의 아버지는 제두아르 대대장이었어요. 우리는 파리에서 멀리 떨어진 작은 도시에서 만났지요. 샤테로드랑이지요. 브르타뉴 지방이에요. 그녀의 이름은 에티에네트예요. 그녀는 나를 믿었고, 우리는 전쟁이 있을 거라 생각 못했죠. 전쟁은 사랑이 예측하지 못하는 것이기도 해요. 황제, 동맹, 징집, 우리가 이런 것에 대해 생각이나 했겠어요? 우리는 그저 결혼을 하기 위해 가난한 상황이 조금 나아지기를 기다리고 있었죠. 그래도 우리는 사랑했어요. 그러던 어느 날, 나를 위해 성스럽게도 내게 그녀의 소중한 것을 주고, 아이를 낳아 준 거예요! 아, 이 서광을 보는데 갑자기 징집이 된 거지요. 나는 더 이상 연인도, 아버지나 남자도 아닌, 노예 같은 군인이 된 거예요. 전쟁터로 가야 했어요. 내 여자와 내 아이와 아이의 어머니를 뒤에 남겨 두고요. 내 딸아이의 웃음을 본 채 말이죠. 아, 내가 전쟁에서 돌아왔을 때, 우리 시대의 거의 모든 가정에서 이런 이야기를 했지요. 암흑과 큰 슬픔이 나를 기다리고 있었어요. 폭풍이 몰아친 거죠. 얼마나 끔찍한 일인지. 이 슬픔의 그림자는! 에티에네트는 사라졌어요. 아이도 같이. 모든 것이요. 루슬린, 내 생애의 비밀을 지금 털어놓은 거예요.

루슬린 남작님, 저를 신임해 줘 영광스럽게 생각합니다. 그런 일이 있었을 거라고 누가 상상이나 했겠습니까? 정말 이보다 더 놀랄 수가 있겠습니까? 저를 점점 더 놀라게 하시는군요.

드 푸엔카랄 남작 내 삶은 이렇게 좌절되어 버렸소. 뭘 하면 좋겠소? 그래서 사업에 뛰어든 거지요. 사업이 정신을 빼앗으니까. 일종의 취기와도 같은 거죠. 엄청난 자산이 내게 왔어요. 왜냐고요? 아이러니죠. 나는 에티에네트를 찾으려 애썼죠. 다시 찾으려고 하늘과 땅도 뒤졌소. 헛되이 말이요. 난 모든 것에서 성공했는데 이것만은 아니었소. 우리가 추구하지 않는 것은 주어지고 열망하는 것은 우리를 비켜 가죠. 수백만의 자산을 모았죠. 내가 에티에네트와 딸을 되찾게 되면 그들을 위해서라고. 에티에네트와 시프리엔을 위한 것이라고요. 내 딸아이 이름이 시프리엔이에요. 그런데 그들을 찾지 못한 거예요. 그러니 내가 기쁠 수가 없죠. 그래서 애도의 표시를 달고 있는 거예요.

루슬린 운명이 애도의 표시를 달도록 했다면 행복이 찾아와 그걸 떼게 할 수도 있지요. 천오백만 프랑의 자산을 가지신 남작님께서 위로받지 못한 채 있으실 수 없을 텐데요. 고귀한 분들의 정혼이 있었으니 혼인을 하시게 되면…,

드 푸엔카랄 남작 결코 그런 일은 없소. 나는 어둠 속에, 어쩌면 이미 무덤에 있는 여인의 남편이오. 여인이 내게서 얻은 아이가 우리를 혼인시켰소.

루슬린 정말 대단하십니다.

드 푸엔카랄 남작 왜 이 이야기를 한 것일까, 루슬린? 아무 뜻도 없이. 아니요. 먼저
　　　당신이 한 자비로운 행동을 이야기하고 마음을 열었기 때문일 거예요. 그리고
　　　갑자기 생각이 들었는데 당신은 성실할 뿐만 아니라 수완이 좋은 사람이에요.
　　　당신은 이제 내 가슴 저린 가족사도 알고 있소. 왜 내가 계속 애도를 하고 있는지
　　　이해했소. 양심의 애도 상태에 있는 것이지요. 자, 내가 여기서 나갈 수 있도록
　　　도와주시오. 이 이름들을 잘 기억하세요. 브르타뉴의 샤테로드랑, 제두아르
　　　대대장, 에티에네트, 시프리엔. 찾아봐 주세요. 어떤 가능성도 열어 두고요. 모든
　　　구석과 심연을 다 뒤져서라도요. 추키모 선생에게 자비를 베풀어 도운 것처럼 나도
　　　책임질 수 있도록 도와주시오. 내가 보유하고 있는 수백만의 재산은 내 딸 것이오.
　　　딸을 찾도록 도와주세요. 당신은 좋은 생각이 번득이고 현명하고 정보도 많이
　　　가지고 있으니까요. 당신에게 이야기하길 잘했소. 아, 내 잘못을 바로잡아야 하오!
　　　사랑스런 그 둘을 다시 볼 수 있다면! 루슬린, 내 아내를 찾아낼 거지요, 그렇죠? 내
　　　딸아이를 찾아낼 거지요? 아, 뒤지고, 묻고, 파 보고, 찾아주시오! 내 딸을 다시 내
　　　품으로!

루슬린 (방백)
　　　내가 그녀와 혼인을 한 후에.
　　　(큰 소리로)
　　　남작님이 원하시는 건 제게 종교와 같습니다. 최선을 다하겠습니다. 누가 오는
　　　듯하니 저는 물러갑니다.
　　　(중문으로 간다.)
　　　(방백)
　　　빨리 해결해야지. 일 초도 허비해선 안 돼. 그리고 내게 결혼은 복수를 하는 거니까.
　　　이 바보 같은 계집애는 분명히 누군가를 사랑하고 있을 거야! 이 가족은 이제
　　　조준대 위에 올려진 거야. 항복을 해야만 해. 이만오천 프랑의 어음 만기가
　　　모레니까 더 나사를 조이자.
　　　(중문으로 나간다. 에드가르 마르크가 안쪽 문으로 들어온다.)

2장
드 푸엔카랄 남작, 에드가르 마르크

에드가르 마르크 남작님, 저를 찾으셨습니까?

푸엔카랄 남작 (엄하게)
　　　자, 오늘 저녁은 괜찮나요? 기분은 어때요?

에드가르 마르크　괜찮습니다, 남작님.

드 푸엔카랄 남작　내가 할 말이 있소. 연배로 치면 내가 당신의 아버지뻘이요. 내 말을 들으면서 그 점을 생각해 주시오.

에드가르 마르크　잘 알겠습니다, 남작님.

드 푸엔카랄 남작　내가 당신 나이거나 당신이 내 나이였다면 결투를 청했을 것이오. 내가 당신 머리에 총알을 박든가 당신의 칼이 내 가슴 한가운데 박히는 편이 지금 이 말보다 나을 거예요.

에드가르 마르크　무슨 말씀이신지….

드 푸엔카랄 남작　당신은 명예를 잃었어요.

에드가르 마르크　남작님…! 사실 남작님과 저는 나이만 차이가 나는 게 아닙니다!

　(방백)

　아, 그의 말이 맞아!

드 푸엔카랄 남작　일 년치 월급을 주겠소. 빈손으로 내쫓는 일은 없소. 내일 당장 여기서 나가시오.

에드가르 마르크　남작님, 오늘부터, 지금 바로 그러겠습니다.

드 푸엔카랄 남작　당신에게 하고 싶은 말을 끝내기 전엔 안 돼요. 아, 첫날부터 내 신임을 배반하다니! 당신의 보수를 올려 주고, 당신의 미래를 책임지려고 했는데. 당신이 정직해 보여서 관심을 가지고 있었소. 어제 당신이 지갑을 잃어버리고 길에서 돈까지 잃어버렸다는 이야기를 했을 때 당신을 믿었고, 당신을 불쌍히 여겨 거의 위로까지 했소….

에드가르 마르크　맞습니다. 남작님의 선의에 감동했었습니다.

드 푸엔카랄 남작　지갑이 주머니에서 떨어졌고 은행에 도착해서는 지갑을 발견하지 못해 길에 떨어진 것 같다고 했지요. 그리고 내가 머리도 희끗하고 어떻게 보면 아버지뻘이지만 무엇보다도 당신이 한 짓은 지금 내가 하려는 말을 들어 마땅해요. 당신은 거짓말을 했소.

에드가르 마르크　남작님…!

　(방백)

　아, 내가 몸을 던진 무덤에서 왜 나를 구해 줬던가!

드 푸엔카랄 남작　진실은 추하지. 그래도 진실을 말하는 편이 나았을 것을. 왜 나에게 진실을 말하지 않았소?

에드가르 마르크　(방백)

　어떻게 알았을까? 의심하고 있었을까? 아, 이 가족은 신이 내게 맡기셨어. 내가 아닌 다른 사람이 비밀에 관련되어 있어. 개명, 정치적 문제, 경찰이 쫓고 있는 노인은 파멸로 갈 수도 있지! 내가 입을 다물어야 해. 그들을 위해 최종의 의무인 침묵을 지켜야 해. 모든 건 나 혼자 지고 가야 해. 고백하면 안 돼. 오, 시프리엔!

푸엔카랄 남작　(집요하게)

왜 나에게 진실을 말하지 않았소?

에드가르 마르크 진실을 말했습니다, 남작님.

드 푸엔카랄 남작 아니오.

에드가르 마르크 남작님….

드 푸엔카랄 남작 나라고 젊은 시절이 없었는 줄 아시오? 충동이란 건 나도 이해해요. 나도 그런 열정이 있을 때가 있었으니까, 당신처럼. 단지 그런 저열한 열정은 아니었지만.

에드가르 마르크 저열한 열정이라구요!

드 푸엔카랄 남작 잘 들어요. 공공장소에는 사방에 눈이 있소. 그런 곳에서 일어나는 일은 항상 알려지기 마련이요.
(붉은색 봉인이 찍힌 서한을 보여 준다.)
경찰의 보고서가 있소. 어제 에콜 부두²⁹에 잘 알려진 장소인 아홉 여신의 무도회장, 소바주 도박장, 그리고 또 뭐더라, 저녁 아홉시쯤에 젊은 남자가 들어왔지. 그곳은 아주 못된 곳이야. 룰렛을 하는 나쁜 곳이지. 트랑테카랑트 도박을 하는 못된 곳이란 말이야. 이 젊은이는 거기서 돈을 잃었지. 센 강에 몸을 던졌는데 구출되어 지금 내 앞에 서 있는 거고.

에드가르 마르크 맞습니다.

드 푸엔카랄 남작 자, 그럼 사실을 다 말하시오. 정직한 건 다 용서할 수 있어요. 당신 나이에 나쁜 버릇이라니! 그것도 도박! 열정은 여성들에게 향해야지. 거리의 여성이라고 해도. 나쁜 버릇은 노인에게나 줘요. 자 젊은이, 그래도 양심적인 행동이 있었지. 도박을 용서하긴 어렵지만 거짓말은 더욱 용서할 수 없어요. 난 자살시도를 비난하긴 하지만 그래도 일말의 정직함이 남아 있다는 증거겠지요. 에드가르 마르크 씨, 진실을 말하면 용서하겠소. 게다가 당신에게 내 신임을 다시 주고 여기에서 계속 일하게 할 거예요. 자백의 순수함이 실수의 오명을 씻어내지요. 고백하시오. 가까이 다가갔던 죽음이 청렴함을 충고했을 것이오. 사천 프랑은 길에서 잃은 것이 아니라 도박에서 잃었죠?

에드가르 마르크 아닙니다, 남작님.

드 푸엔카랄 남작 계속 고집 부릴 거요?

에드가르 마르크 몇 루이만 걸고 도박을 했습니다.

드 푸엔카랄 남작 드디어 고백하는군! 제발 진실을 말하시오.

에드가르 마르크 사천 프랑은 도박에서 잃지 않았습니다.

드 푸엔카랄 남작 나를 똑바로 보시오. 그럼 계속 길에서 잃어버렸다고 주장하는 것이오?

관리인 (문을 열고 들어오며)
남작님을 뵙고 싶어 하는 분이 있습니다.

드 푸엔카랄 남작 누구지? 이름이 뭔가?

관리인 검은 옷을 입은 분입니다. 이름을 말씀 드려도 소용이 없다고 합니다. 남작님이
　　　모르시는 이름이라고 합니다. 남작님께 직접 말씀 드리고자 한답니다.

드 푸엔카랄 남작 지금은 안 되는데.

관리인 아주 급한 일이라고 합니다.

드 푸엔카랄 남작 그럼 들여보내시오.

　　　(관리인이 나가자 에드가르에게)

　　　당신의 잘못이 더 심각한 건 그걸 미리 계획했다는 것이오. 저녁에 가서 도박을 할
　　　거면서 그날 아침 나에게는 사천 프랑이 든 지갑을 부주의로 잃었다고 터무니없는
　　　소리를 한 것이오.

글라피외가 들어온다. 검은색 웃옷에 흰 넥타이, 흰 셔츠, 부츠를 신고 모자를 들고
등장한다. 단정하면서도 기괴하다.

3장
동일 인물들, 글라피외

글라피외 드 푸엔카랄 남작님, 제가 벽보를 보고 길에서 주운 사천 프랑을 가지고
　　　왔습니다.

에드가르 마르크 (방백)

　　　이게 무슨 소리지?

드 푸엔카랄 남작 사천 프랑이요! 주웠다구요?

글라피외 길에서요.

드 푸엔카랄 남작 길에서!

글라피외 (주머니에서 지폐를 꺼내며)

　　　여기 있습니다.

에드가르 마르크 (방백)

　　　이게 무슨 조화지?

글라피외 (지폐를 펴서 책상 위에 한 장씩 놓으며)

　　　하나, 둘, 셋, 넷.

드 푸엔카랄 남작 길에서!

글라피외 브리에르가에서요. 한쪽 구석이었어요. 아마도 그 젊은이가 거기 잠시
　　　멈췄었나 보죠. 브리에르가는 그다지 길지가 않은 길입니다. 빅토아르 광장 쪽에서
　　　보통 그 길로 들어가지요. 포장도로에 뭐가 있더군요. 저게 뭘까 하고 가 봤죠.
　　　은행의 큰 벽 근처였어요. 예전에는 헌책 파는 사람이 있었지요. 그렇게 땅에
　　　떨어져 있는 것을 주웠습니다.

에드가르 마르크 지폐는 흩어져 있지 않고 지갑에 있었어요. 지갑에 들어 있었을
  텐데요.

글라피외 지갑, 아, 네! 지갑이 중요한가 보군요.

  (방백)

  어쩜 저렇게 건방질 수가! 지갑이라면 나도 있지. 지갑은 다 그게 그거지만. 그래도
  바로 그 지갑이어야 해.

  (주머니에서 지갑을 꺼내 책상 위에 내려놓는다.)

  자, 여기 있소.

에드가르 마르크는 지갑을 집어 살펴본다.

에드가르 마르크 내 지갑이에요!

  (그는 의구심을 가지고 글라피외를 바라본다.)

드 푸엔카랄 남작 선생의 청렴함에 경의를 표합니다.

  (지폐를 하나 집어 글라피외에게 준다.)

  약속한 보상금을 드리리다.

글라피외 남작님, 받지 않겠습니다.

에드가르 마르크 (어이없어 하며)

  (방백)

  점점 희한해지네. 무슨 술수라도 있는 걸까?

드 푸엔카랄 남작 받지 않으신다고요?

글라피외 왜 보상을 받아야 합니까?

드 푸엔카랄 남작 약속을 했으니까요! 당신이 당연히 받아야 하는 거지요!

글라피외 남작님, 길에서 백 상팀을 주웠든, 이 루이 또는 사천 프랑을 주웠든 주인에게
  가져다주는 것은 너무 당연한 일입니다. 그런데 보상을 받게 된다면 오히려 모욕을
  당하는 거지요. 도둑이 아니라는 이유로 천 프랑의 보상을 받는 것은 안 되지요.

드 푸엔카랄 남작 이렇게 정직한 사람은 본 적이 없어, 처음이야.

글라피외 다른 사람이 줍지 않은 게 우연일 뿐이지요. 단지 길에 행인이 별로 없어서
  그렇게 된 겁니다. 항상 처음으로 발견하는 누군가가 있게 마련이죠.

드 푸엔카랄 남작 부유하신지요?

글라피외 네, 남작님. 두 팔이 있으니까요.

드 푸엔카랄 남작 두 팔밖에 없으신가요?

글라피외 그것만 해도 많죠. 팔도 없는 사람이 있으니까요.

드 푸엔카랄 남작 그럼 빈곤하시단 뜻인가요?

글라피외 그렇게 말씀 드린 적 없습니다. 남작님.

드 푸엔카랄 남작 그럼, 나를 기쁘게 해 주시오. 사천 프랑을 다 받아 주시오. 내가

가지고 있는 것보다 선생이 가지는 게 나아요. 그 돈을 내가 받으면 당신에게서 훔치는 것과 같을 거요. 자, 받으세요. 가지고 가세요.

글라피외 (거절의 웃음을 띠며)

저는 가 보겠습니다, 남작님.

(물러나기 위해 한 발 움직인다.)

드 푸엔카랄 남작 잠깐만요. 따로 드릴 말씀이 있어요.

글라피외 (돌아오면서)

(방백)

됐어. 낚시를 물었어.

드 푸엔카랄 남작 마르크 씨?

에드가르 마르크 네?

드 푸엔카랄 남작 내가 잘못했소.

(에드가르 마르크에게 돈을 내민다. 에드가르 마르크가 뒷걸음질 친다.)

에드가르 마르크 남작님….

드 푸엔카랄 남작 내가 잘못 알고 있었소. 당신은 진실을 말했는데. 나를 용서해 주시오.

(에드가르 마르크의 침묵.)

손을 내밀어 주시오.

에드가르 마르크 남작님….

드 푸엔카랄 남작 내가 당신 맘을 상하게 했소. 유감스럽게 생각하오. 이제 어젯밤 당신이 벌인 모험과 절망을 이해했소. 잃어버린 돈을 벌어 보려 했던 거지요. 내 사과를 받아 주시오. 그리고 나를 위해 부디 계속 일을 해 주시오.

에드가르 마르크 저는 여기를 떠나야 합니다. 지금 떠나겠습니다.

(문 쪽으로 다가간다.)

드 푸엔카랄 남작 계속 냉담하군요. 그럼 이제 당신이 잘못하는 거요. 조금 전에 말했잖소. 내 흰머리를 보고 나를 존중해 달라고. 이제 당신에게 내 흰머리를 봐서라도 용서해 달라고 말하겠소. 계속 있어 주시오. 내가 다시 말하잖소.

에드가르 마르크 여기를 떠나는 것이 저의 의무라 생각됩니다. 안녕히 계십시오, 남작님.

드 푸엔카랄 남작 정의를 위한 나의 노력을 인정하지 않는군요.

에드가르 마르크 정의는 저 스스로 실현할 겁니다.

(방백)

(글라피외를 바라보며)

이 남자를 지켜봐야겠어.

(나간다.)

드 푸엔카랄 남작 (에드가르가 나간 문을 바라보며)

(방백)

그 나이 때엔 나도 그렇게 자존심이 강했지. 일단 시간이 지나기를 기다렸다가 다시
데려와야겠어.

(생각에 빠져서)

지방에 사는 가난한 과부의 아들이지.

(책상 위에 놓인 사천 프랑을 집어 봉투에 넣고 간단한 인사말과 서명을 한다. 벨을
울린다. 관리인이 나타난다.)

마르크 씨 어머니의 주소가 어떻게 되나?

관리인   (장식장 위에 있는 주소록을 보면서)

과부 마르크 부인은 돔프롱 근교인 라세에 거주합니다.

드 푸엔카랄 남작   과부 마르크 부인. 돔프롱 근교인 라세라.

(관리인에게)

오른도인가?

관리인   오른도 맞습니다.

드 푸엔카랄 남작은 촛대에 촛불을 하나 켜 서신을 봉인한 후 관리인에게 건넨다.

드 푸엔카랄 남작   우체국에 이 서신을 가져가게 하세요. 등기로 하세요. 돈이 들어
있어요.

관리인이 서신을 들고 나간다.

4장
드 푸엔카랄 남작, 글라피외

드 푸엔카랄 남작   (글라피외를 돌아보며)

이보세요, 내가 믿을 만한 사람을 찾고 있었는데 마침내 당신이 나타났군요.

글라피외   (몸을 굽히며)

남작님….

드 푸엔카랄 남작   이 집에는 지켜야 할 물건이 하나 있어요. 그걸 지켜 줄 믿을 만한
사람이 필요하죠. 그걸 지킬 사람은 그 옆에서 자야 해요. 지켜야 할 물건이란 바로
이것이오.

(금고를 가리킨다.)

글라피외   (방백)

자 봅시다!

(큰 소리로)

3막 드 푸엔카랄 남작의 집

사람이 이걸 지킨다구요…?

드 푸엔카랄 남작 바로 당신이요.

글라피외 남작님이 저를 전혀 모르신다는 사실을 환기시켜 드립니다….

드 푸엔카랄 남작 속속들이 다 알아요.

글라피외 누가 추천을 한 적도 없구요….

드 푸엔카랄 남작 당신은 청렴함에 의해 추천되었소.

글라피외 제 이름도 물은 적이 없으신데.

드 푸엔카랄 남작 알 필요가 없어요. 이름보다도 당신의 시선을 보니까요. 정직한
　　사람이 아니면 당신과 같이 선량한 눈을 가질 수 없어요.

글라피외 (방백)
　　그러고 보니, 뭘 좀 아시네.

드 푸엔카랄 남작 당신을 높이 삽니다.

　　(글라피외가 고개를 숙인다.)
　　오늘 저녁부터 여기서 일하세요. 바로 임무를 시작하세요. 이 방에서 오늘 밤을
　　보내는 겁니다.

글라피외 제가 가족도 없고, 보증인도 없고 서류도 없는 사람이란 것을 다시 한 번
　　남작님께 알려 드립니다. 저는 파리 사람이 아닌 외지인입니다. 하긴 저는 어딜
　　가나 외지인입니다. 저는 일자리를 찾아 오늘 지방에서 올라왔습니다. 일만이 저를
　　알아보고 저도 일밖에 모릅니다. 제 이름은 글라피외고 주워 온 아이였습니다.

드 푸엔카랄 남작 그렇군요. 그럼 나도 당신을 주운 것으로 합시다. 당신은 정직한
　　사람이 아니라 정직 그 자체요. 사람을 하나 찾고 있었소. 신의 섭리가 손길을 보낸
　　듯하오. 이제 내 사람이니 그렇게 아시오. 일 년에 이천 프랑씩을 급여로 주겠소. 그
　　외에 체류비용도요. 여기서 잠을 자세요. 이게 당신 침대요.

글라피외 이제 남작님에게 경의를 표하는 일만 남았네요.

드 푸엔카랄 남작이 벨을 울린다. 관리인이 나타난다.

드 푸엔카랄 남작 (관리인에게)
　　내일 근무하는 사람들에게 이 분이 이제 우리랑 일한다고 알려 주세요.
　　(글라피외에게)
　　이름이 뭐라고 했죠?

글라피외 글라피외입니다.

드 푸엔카랄 남작 (관리인에게)
　　글라피외 씨가 금고를 지키는 책임을 맡았소. 이 방에서 잠을 잘 거예요.
　　(괘종시계를 바라본다.)
　　시간이 정말 빨리 가는군요. 밤 열한시가 넘었군. 나는 내 숙소로 갑니다.

(관리인에게)

불을 비춰 주시오.

(관리인이 세 가지로 된 촛대를 든다. 글라피외에게 종이 달린 줄을 보여 주면서)

필요한 것이 있으면 이걸 흔드세요. 필요한 건 주저 말고 부탁하세요.

글라피외 필요한 것 없습니다, 남작님.

드 푸엔카랄 남작 원하면 집에 사람을 보내 오늘 밤 귀가하지 않는다는 것을 알리세요.

(남작이 관리인을 앞세워 나간다. 글라피외 혼자 남는다.)

5장
동일 인물들, 드 푸엔카랄 남작, 글라피외

글라피외 (혼자)

(팔짱을 끼고 금고를 응시한다.)

이제 우리 둘만 남았어!

(머리를 가슴에 떨어트리면서)

내가 귀가하지 않는다는 걸 알리러 사람을 보내라니. 나의 집, 이에나 다리 첫번째 교각 밑으로. 집주인은 바람이고 대문은 밤이지. 방에는 벽이 없고, 유리가 없는 창가에 앉아서 지나가는 물고기며 생-클루로 노름 하러 가는 사람들을 볼 수 있지. 물가에 앉아서. 그게 전부야. 시작이고 끝이지.

(벽난로로 다가가 불쏘시개를 발견한다. 그걸 집는다.)

아주 훌륭하군. 부잣집에는 항상 필요한 것들이 다 있지.

(불쏘시개를 잘 들여다본다.)

끝이 비스듬하게 되어 있네. 쐐기나 지렛대로 쓸 수 있겠어. 이 용도로 특별히 만든 것 같구만.

(무대 안쪽 창문을 바라본다.)

여긴 나 혼자인가? 아니지. 창에 불빛이 비치는 한 나 혼자가 아니야. 곧 혼자가 되겠지.

(되돌아와 불쏘시개를 책상 위에 내려놓는다. 생각에 잠겨 웃으면서)

은행가의 집에는 정직한 사람이 한 명 필요할 거라고 생각했지. 믿을 만한 사람이지. 길에서 사천 프랑을 주웠는데도 가져오는 사람 말이야. 그런 사람은 정말 드물거든. 정직한 얼간이지. 순진한 사람처럼 돈을 잔뜩 주위 와서 보상금을 거부하는 거지. 그러고서도 이 집에서 뭔가 일자리를 받지 못 한다면 정말 운이 없는 거지. 막일꾼이든 임시직이든 뭐든 말이야. 근데 행운이 과했다는 건 인정해. 요새 같은 집의 심장부에 바로 입성하게 되었으니.

(다시 금고 쪽으로 오면서)

내가 말이야, 자네를 지키는 임무를 맡았거든.

(생각에 잠겨 있다.)

그 아가씨에게 에드가르와 결혼하게 해 주겠다고 약속했지. 그러기 위해서는 할아버지를 먼저 구해야 하는데 그 돈이 여기에 있어. 대머리 남자의 수작을 방해하자고.

(창문으로 간다.)

여기서 도망가는 것도 이보다 쉬울 수는 없겠어. 일층이라 내려가거나 올라가는 것 모두 쉽지. 정원으로 뛰어내려서 벽을 타기만 하면 돼. 그 다음에는 따라오든 말든 나는 사라지는 거야. 그러면 나를 악당이라고 생각하겠지. 그건 착각인데. 인간들의 판단이 그렇지.

(앞을 바라본다.)

은행가가 나에게 그랬지, 당신을 존경해요. 나 역시 그를 존경하지. 나랑 그는 불운이 따라온다는 공통점도 있어.

(침대에 누워 본다.)

침대를 좀 흩뜨려 놓자.

(다시 일어나 앉아 창문을 바라본다.)

저 위에 아직도 불이 켜져 있는 창이 있네. 더 기다려야 해. 초조해지기 시작하는군. 왜 이렇게 여자들은 머리에 컬용 종이를 마는 데 시간이 걸리는지!

(침대에서 내려와 거울에 비춰 본다.)

옷이 날개야. 딴 사람인 것 같아. 주식환매원, 공증인, 왕립학사원 회원인 것 같군. 생각이 깊은, 중요한 사람이 된 것 같아. 이렇게 입으니 못나 보이는데도 말이야. 나는 내 모자와 시골사람 모습이 더 좋아.

(거울에 비춰 보며)

아무튼 재미있는 건 내가 환상을 보는 것 같다는 거야. 내가 국회의원인 티보르 뒤 샬라르[30]를 좀 닮은 것 같아. 누가 정원에서 걸어오는 것 같은데.

(창문 쪽으로 다가가 주시하고, 귀를 기울인다.)

아니, 아무도 없네.

(다시 귀를 기울인다.)

서리 때문에 나뭇잎이 부스럭거리나 보군.

(다시 주시한다.)

멋진 설경이야. 저 위 망사르드식 창에 아직도 불빛이 있어. 하녀들의 방이겠지. 자, 착한 아가씨, 서두릅시다. 저녁 기도를 같이 할까요?

(다시 벽난로 쪽으로 다가온다.)

내일 겨울 추위를 위해 오늘 미리 잘 덥혀 두어야지. 내일은 다시 누더기를 입고 길에서 떨어야 할 테니까. 군밤 장수의 곁불에서나 간신히 몸을 녹이는 사람에게 이런 제대로 된 벽난로는 정말 묘하군.

(불쏘시개를 열심히 들여다본다.)

참, 묘하게도 어렸을 때 한 일이 집요하게 따라온단 말이야. 선행을 하고 싶은데 그걸 불법으로 해야 한다는 거지. 황달에 걸리면 모든 게 노랗게 보이고 전락할 땐 모든 게 죄가 되지. 살면서 한 번이라도 세상 사람들이 도둑이라고 부르는 사람들 속에 있었다면, 그 다음에 정직한 사람이 되려면 부정을 저지르는 수밖에 없다고. 악의 강가에서 선의 강가로 가려면 악마라는 다리밖에 없는 거지.

(생각하며)

시간이 좀 있으면 이런 저런 생각을 좀 해 볼 텐데.

(책상에 턱을 괴고 앉는다.)

은행가는 훌륭한 사람인데 안타깝네…. 뭐가 안타깝냐고? 그러지 말고 그냥 단순하게 생각하지. 가난한 자에 대한 자비심을 부자에 대한 연민 때문에 위태롭게 하자고? 내 양심 속에서 잘 맞지 않는 마차 바퀴 같을 거야. 자, 요점만 보는 거야! 아가씨를 구해야지! 그리고 노인도! 백만장자에 대한 긍휼은 하느님이 돌보실 거야. 금고로 진격!

(금고를 돌아보고 꼼꼼히 살펴본다.)

영국제군, 좋지. 탄 회사 거 같은데. 밀너가 아닌 게 천만 다행이야. 몇 번만 힘을 쓰면 될 거야. 그리고 내 전문지식을 활용할 때야. 교육을 잘 받았다는 것을 보여 줄 때지. 정부가 나를 프아시에 있는 큰집과 플뢰링에 있는 큰집의 부속학교에서 기술을 연마하게 해 줬지. 시간과 돈을 낭비한 게 아니라는 것을 보여 주지.

(창가로 간다.)

좋아. 이제 마지막 촛불이 꺼졌어. 모두들 '하늘에 계신 우리 아버지'를 읊조리고 '아베 마리아'를 하고. 드디어 잠자리용 모자가 가장 마지막으로 누운 자의 머리에 씌어지고. 모두 정신을 내려놓으라. 오 꿈이여! 아무도 깨어나지 말지어다! 금고를 강제로 열려고 하는 정직한 남자가 여기 서 있습니다. 선한 어둠이여, 그를 지켜 주소서.

(자정을 알리는 종소리가 울린다. 글라피외는 타종 소리를 큰 소리로 센다.)

열, 열하나, 열둘. 자정, 자정이다! 부정직한 선행의 시간이 된 거야. 올 라이트!

(금고로 몸을 돌리며)

너니까 영어로 해 주는 거야. 특별 대우지. 런던에서 온 금고니까 이해했겠지.

(불쏘시개를 손에 든다.)

잘 들어, 이제 공격이야. 그러나 한 가지만 말해 줄게. 네 이름은 푸엔카랄이 아니라 루슬린이야. 도둑은 내가 아니라 너야. 왜 루슬린을 위해 불쌍한 노인의 돈을 가지고 있는 거야? 자, 루슬린 금고, 준비해. 방어해 봐.

(불쏘시개의 끝을 금고의 양 문 사이로 밀어 넣는다. 힘을 쓰면서 큰 소리로)

홈이 밀리고, 칼이 들어간다. 영차! 한 번만 더 힘을 쓰면 된다. 문이 열릴 거야. 문이 열린다. 금고 부인이 사망하게 될 거야. 금고 부인이 사망한다.

(금고 문이 열린다. 서랍을 가리고 있는 덧문을 연다.)

그 다음은 식은 죽 먹기지.

(서랍을 가리고 있던 덧문을 열자 안이 들여다보인다. 다양한 크기의 서랍이 보인다.)

됐다.

(글라피외가 서둘러 다가가 서랍을 연다.)

여기 채권들이 있고, 이쪽에는 금, 이쪽에는 은, 또 이쪽에는 금괴, 여기는 지폐들이 있네.

(어둠 속에서 바라본다.)

하느님, 여기 계시죠? 제가 삼만 프랑만 꺼낸다는 것에 대한 증인이십니다.

(금고를 가리키며)

도둑이 훔쳐 간 돈을 돌려주려고 힘쓰는 중이지요. 그것뿐이에요.

(서랍을 하나 뒤진다.)

천 프랑짜리 지폐는 열 개 묶음으로 되어 있네. 아주 쉽군. 세 묶음만 집으면 돼. 삼십 장. 됐어.

(서랍에서 세 묶음을 꺼낸다.)

선량한 할아버지! 내일 아침이면 삼만 프랑을 손에 쥐게 돼요. 루슬린은 패배하고 귀여운 아가씨는 에드가르와 결혼을 하게 되겠지!

(세 묶음의 지폐를 책상 위에 놓는다.)

자, 착하지, 이제 다시 문을 닫자.

(금고 쪽으로 다가간다. 열려 있는 서랍들 쪽으로 시선이 향한다.)

제기랄! 쉽지 않네. 손바닥, 손가락, 손톱까지 근질거리네. 도대체 몇 백만이 여기 있는 걸까? 서랍 귀신아, 나를 근질거리게 하지 마라, 제발! 나는 생 앙투안[31]과는 거리가 먼 사람이니까 유혹하지 마! 그 사람 이름이 명명된 거리에 살았던 거 외에는 없다고! 유혹이 심하군. 그 성인처럼 이것들이 파리 여자들의 살결로 보이면 좋겠어.

(금고로 한 걸음 다가간다.)

화폐 전문가가 될 수 있을 것 같아!

(한 걸음 더)

훈장 수집이 원래 내 사명이었는데.

(열린 서랍 하나를 바라본다.)

나는 이런 복합적인 구조들을 좋아하지.

(서랍 하나를 완전히 연다.)

나폴레옹, 루이, 루피, 필리프, 루블, 기니. 이 다국적 화폐들!

(큰 금화를 하나 들어서 한참 바라본다.)

루이 13세 금화네! 스페인 일 온스 금화! 팔십 하고도 프랑이 한참 있어야 하지. 한 무더기가 있네! 자, 손 내리실까, 시민분!

(금화를 서랍에 다시 두고 정신을 잃은 듯 뒷걸음질한다.)

오, 이렇게 매혹적일 수가. 서랍 속에 별이 마구 빛나네. 밤하늘에 빛나는 별이 모두 여기에 있는 듯해. 모든 함정과 선과 악과 갖은 나쁜 생각들과 함께 말이야. 온갖 빛나는 것이 동굴에 들어 있는 것 같군. 금의 향연이 어지럽게 하네. 취하고 머리를 돌게 하는 것 같아. 도와주세요!

(과격하게 서랍을 밀어 닫는다.)

내 양심아, 반항하라! 악마가 너를 말에 태워 달리려고 해, 얼른 악마의 말을 뒤집어 버려!

(금고의 덧문을 닫고 양 문을 황급히 닫는다.)

승리!

(불쏘시개를 책상 위에 내려놓는다.)

이제 나갑니다. 남작님 배상!

얼마 전부터 정원에서 올라온 검은 형상이 발코니의 닫힌 창 뒤에 서 있다. 글라피외를 지켜보는 남자, 에드가르 마르크다. 그가 유리창을 깬다.

6장
글라피외, 에드가르 마르크, 하인들과 촛불

에드가르 마르크 (깨진 창 너머에서)

이럴 줄 알았지. 사기꾼이었어.

(깨진 유리가 와장창 떨어진다. 에드가르 마르크가 깨진 곳으로 팔을 넣고 문고리를 열어 창문을 밀고 들어온다. 유리 깨지는 소리에 글라피외가 머리를 돌린다.)

글라피외 누가 유리를 깼어. 남자야! 창문을 열었어. 들어오네. 도둑이야! 여기 있길 정말 다행이야!

(에드가르 마르크가 글라피외에게 달려들어 목덜미를 잡는다.)

에드가르 마르크 도둑이야!

글라피외 도둑이야! 이럴 수가 정말 뻔뻔한 도둑이네! 도둑이야!

(서로 격투를 벌인다. 부딪힌 책상이 넘어지고 지폐가 떨어진다. 불이 나간다.)

나 아니었으면 금고가 털릴 뻔했어.

에드가르 마르크 (멱살을 잡으며)

아! 강도야!

글라피외 당신이야말로 강도야, 이 사람아!

에드가르 마르크 아! 이런 부랑자가!

글라피외 당신이야말로, 안 그렇소?

에드가르 마르크 (잡고 흔들며)

　도둑이야!

글라피외 (목을 조르며)

　도둑이야!

　(둘이 함께)

　도둑이야!

　(놀란 하인들이 촛불을 들고 들어온다.)

　내가 때마침 깨어 있어서 다행이지. 이 사람을 붙잡으세요. 도둑이에요.

4막
법정

등장인물
글라피외
루슬린
에드가르 마르크
드 푸엔카랄 남작
스카보
에티에네트
시프리엔
법정 경관
경관

궁륭(穹隆)이 있는 커다란 법정의 대기실. 궁륭의 안쪽 합각의 첨두아치에는 환조(丸彫)로 정의의 테미스 여신이 눈을 가린 채 저울과 검을 들고 있다. 테미스 여신의 양옆에는 상당히 넓게 위에서 아래로 명주 천이 쳐져 있는 양 문이 있다. 중앙의 유리를 통해서 법정의 회랑이 보인다. 왼쪽에 좀 더 작은 중문이 보이고 그 위에는 '왕명 검사실'이라고 씌어 있다. 같은 쪽 구석에는 명주로 된 책상보가 덮인 책상과 팔걸이 가죽의자가 마루보다 한 단 높은 곳에 놓여 있다. 책상에는 필기대, 펜, 압지(押紙), 기록대장, 다섯 색깔로 구별되는 법전이, 책상 뒤인 무대 앞쪽에는 짚으로 된 의자가 두세 개 놓여 있다. 책상 앞에는 심문대(審問臺)가 놓여 있다. 법정 주변에는 떡갈나무 벤치가 있다. 책상과 마주한 벽에는 커다란 시계가 걸려 있다. 여기저기에 칸막이가 있고 서류가 꽂혀 있다. 난로가 하나 켜져 있다. 막이 오르면 두 여성이 책상 한쪽에 있는 의자에 나란히 앉아 있다. 에티에네트와 시프리엔이다. 목에 사슬을 두른 법정 경관이 나갔다 들어왔다 한다.

1장
에티에네트, 시프리엔, 법정 경관

에티에네트 경관님, 여기에 앉게 해 주셔서 감사합니다.
법정 경관 검사님이 입장하시지 않는 한 여기서 기다려도 됩니다. 여기가 바로 대질 심문을 하는 곳이지요. 첫번째 증인이 불리는 순간까지 있어도 됩니다. 제가 부르니까 언제 나가야 하는지 알려 드리죠. 아마도 이름이 언급될 것입니다. 분명히 오늘 다룰 사건 때문에 오셨을 테니까요.

에티에네트　오늘 사건이요? 우리는 무슨 사건인지 모르는데요.

법정 경관　증인으로 소환된 거 아니세요?

에티에네트　아니요. 딸과 저는 루슬린 씨에게 드릴 말씀이 있어서 왔는데요. 댁에 갔더니 안 계시더라구요. 법정에 가면 계실 거라고 해서 왔는데요.

법정 경관　여기서 그 사람을 거의 매일 만날 수 있는 건 맞아요.

에티에네트　그럼 루슬린 씨가 오는 게 확실하지요?

법정 경관　확실해요, 부인.

에티에네트　조금 후에요?

법정 경관　조금 후에.

에티에네트　(시프리엔에게)

여기서 기다리자, 얘야. 괜찮겠지요, 경관님?

법정 경관　(동의를 표시하며)

루슬린 씨는 아주 바쁜 분이지요. 법정에 자주 오세요. 근처에 사시기도 하구요. 바리를리가(街)에 살지요. 오늘 아침에 빠질 리가 없어요. 게다가 증인으로 참석해야 하거든요.

에티에네트　얘야, 저쪽 구석으로 가자. 자리를 차지하지 말아야지. 그런데 좀 추운 것 같지 않니?

법정 경관　난로에 불이 잘 타는데요.

(장작을 하나 더 넣는다.)

에티에네트　(시프리엔에게)

여자들은 뭐니뭐니 해도 눈에 안 띄는 것이 최고란다.

(서로 다가앉아 몸을 웅크린다.)

법정 경관　루슬린 씨가 곧 올 거예요. 오늘 예심이 시작되는 사건에 증인으로 참석하게 되었거든요.

에티에네트　무슨 일인가요?

법정 경관　가중 절도죄요.

에티에네트　(시프리엔에게)

가중 절도죄? 그게 뭐니? 내 옆으로 더 오너라.

법정 경관　(중문을 가리키면서)

기본 서류를 준비하느라 검사님이 사무실에 와 계세요. 피고를 알고 싶으시다면 이따가 여기로 지나가니 만나 보세요.

에티에네트　(시프리엔에게)

이 물방울무늬 옷이 너한테 잘 어울려. 세상에 모든 건 생각하기 나름인 거지. 값싼 옷도 다른 옷 못지않게 예쁘구나.

시프리엔이 어머니의 손을 잡는다. 둘이 고개를 숙인다. 둘은 서로 의지하며 테이블 뒤에 숨어 있는 듯하다. 더 이상 모녀가 보이지 않는다. 모녀도 바라보지 않는다. 법정 경관은 책상 위의 서류를 정리하느라 바쁘다. 유리문이 열리고 글라피외가 검은색 옷을 입고 모자를 들고 들어온다. 시계를 바라본다. 법정 경관은 글라피외에게 신경을 쓰지 않는다.

2장
동일 인물들, 글라피외

글라피외 아직도 삼십분이나 대기해야 해. 열시 이십오분. 검찰 소환은 열한시인데.
 (궁륭과 테미스 여신상을 바라보면서)
 이런 엄숙한 장소에 돌아다니는 건 별로 내키지 않아. 왜 이렇게 일찍 대기를 시키는 걸까?
 (소환장을 들고 읽으면서)
 '마르크 씨…' 전혀 모르는 이름이네. 그러나 다음 내용은 알아듣겠어. '은행가 앙드레 드 푸엔카랄 남작의 고소….' 앙드레. 나는 드 푸엔카랄 남작이라고만 했는데. 어! 사방에 앙드레네? 그럼 절도범은 마르크지. 내가 남작 집에 갔던 날 밤에 있었던 젊은이 이름인 것 같은데. 같은 사람인지 내가 알아볼 수 있을지 모르겠군. 사람들 얼굴은 필요할 때 봐 둬야 하는데. 그가 밤에 다시 돌아온 거야. 쫓겨난 사무원이 주인에게 절도 행위를 하러 온 거지. 서투른 자여! 주먹으로 유리창을 깨다니! 쨍그랑! 요즘 젊은이들은 제대로 할 줄 아는 게 하나도 없다니까. 그래도 말이야. 내가 여기서 금고를 지키지 않았다면! 여동생을 지키는 오빠가 아니라 아내를 지키는 남편처럼 하긴 했지만. 내가 금고의 순결에 약간 손을 대기는 했지만 다 명분이 있어서라고. 한 가지만 말해 두지. 불법은 아니지만 정당한 건 아니지. 뉘앙스가 필요해. 법은 법의 시각이 있어. 아주 피상적이야. 중요한 건 근본이지. 신이 내게 분노하시지 않는다는 게 느껴져. 그래서 내가 정직한 남자로 통하는 거지. 거기에 대해서 이 자리에 있는 사람들 중에 나보다 더 관록이 있는 사람이 있는지 알고 싶군. 나는 몸가짐이 되어 있거든. 부르주아가 되었으니까. 법조계가 내게 정보를 구하게 된 거야. 자 선생, 여기 앉아서 공소를 듣고 내용을 파악해 주세요. 이 경우에 나는 망설임이 없어. 진짜 도둑은 저 사람이라고 말하겠지.

118

(주변을 돌아보며)

이렇게 이 장소에 익숙해지네. 나는 어느 정도 편안함을 느끼기도 해. 조금은 내 집 같거든. 사실 나는 공공질서의 확립을 돕는 거야. 나는 질서의 중요한 부분인 거지. 거기에 대해 자부심도 느끼고.

(몽상하며)

은행에 가져온 이 돈이 나를 익명의 선행자로 만드네. 돈을 가져오는 것도 괜찮은 일이지만, 그 다음에 내가 한 선행은 한 수 위지. 바보 같은 밤의 방문자, 이 덜떨어진 자가 내 일을 망쳤어. 꼭 갚게 할 거야. 그 할아버지의 돈을 책상에 놔두었으니 루슬린이 승리하겠지. 루슬린이 이 불행한 가족에게 손톱을 박게 될 거야. 노인은 어떻게 될까? 시프리엔은? 루슬린 부인이 된다고! 아, 가련한 아이야! 어쨌든 나는 할 만큼 했어. 신의 섭리여, 왜 저랑 협업을 거부했나요? 내 입장을 잘 생각해 보고, 잘 견뎌야 해. 조금만 실수가 있어도 내가 밀려. 그가 분명히 금고를 열어 보려고 했어. 그가 그런 짓을 한 거야. 이 사실을 기억해야 해. 이런 경우에 의도를 갖는 것은 행동에 옮긴 거나 다름없지. 금고는 열렸고, 그에게는 도형장이 기다리고 있어. 어쩌면 내게도. 도형장은 그를 위해서지, 당연히! 나는 안전한 위치에 있어. 사천 프랑의 지폐는 돌아왔고, 보상도 거부하고, 천사 같은 웃음을 지으니까 집 안이 허용되고, 위엄이 있어 보이니 의심의 무례함도 날리고, 사회의 존경까지 얻고 말이야! 이 행위가 들라보 경감의 족제비 같은 경관들을 당황하게 하고 무례한 추측을 날려 버리고 당신 과거의 족적을 변화시키고 이전의 찌그러진 과거도 빛나게 해 주지! 나는 평온한 상태에 있어. 그래도 나를 잘 단속하고 버텨야 해. 가택 침입, 밤, 거주인이 있는 주택, 만약에 내가 한 덕스런 행동을 알게 된다면 나는 정말 난처한 상황에 놓이게 될 거야. 다행스럽게도 이 상황의 책임자가 마르크 씨라는 거지. 그가 상황을 해결하도록 하자. 아니, 도대체 이 자는 뭘 하러 온 거야? 또 하나 다행인 건 검찰청에서 오늘 아침에 보낸 소환장에 내 이름이 잘못 적혀 있다는 거지.

(우표가 붙어 있는 소환장을 본다.)

'갈비외'라고 썼어. 갈비외도 괜찮지. 나는 내 출생시의 개인적 이름의 철자법에 대해 그다지 완벽주의자는 아니니까. 내 이름의 음절에 완전히 집착하는 형이 아니라구. 갈비외란 이름이 맘에 들어. 법률보호기관에서 저지른 이 가벼운 실수가 하나도 기분 나쁘지 않아. 서기의 상상력에 의해 창조된 이름 아래에서 숨 쉬기가 더 자유로운 것 같아. 갈비외, 순진하고 순수해 보여. 서기, 친애하는 서기 양반, 내 이름은 원하는 대로 적어도 상관없어. 네 맘대로 고쳐. 갈비외, 얼마나 부드러운 발음인가! 이 멋진 이름은 아이들의 분홍색 빰을 생각하게 해. 갈비외는 아무 짓도 안 했으니까.

(생각에 잠겨)

확실한 건 마르크가 도둑이라는 거야. 그가 도둑이지. 그럼에도 불구하고 나를
불편하게 하는 점이 하나 있어. 그가 단지 의심스러워서 집 안에 들어온 사람을
감시하러 창을 깨고 들어와 나를 잡으려 한 것이었다면. 아니야. 불가능해. 그날
쫓겨났으니 밤에 도둑질을 하러 온 거야. 이 생각을 쫓아 버리자.

(조각상을 바라본다.)

눈을 가린 천 밑으로 나를 보는 것 같아. 아, 저런. 너는 나를 알 수가 없을 텐데.
나를 안 보는 척 해, 알았니? 정의의 여신? 정말로 못 보는 것 같지는 않아. 아무리
봐도 속이는 것 같아. 신이 정의의 여신에게 바라보지 말라고 했지. 그랬더니
악마가 눈에다 천을 둘러 놨어.

(외부의 회랑 쪽으로 열린 문을 바라보면서)

아! 루슬린과 공모자인 압류집행관이 같이 온다. 모자 하나를 둘이 쓴 듯해. 그
모자는 무기수의 모자색인 초록이어야 해. 나는 저들을 아는데 저들은 나를 모르지.
둘이서 뭔가 즐거운 대화에 빠져 있네. 몇 마디라도 어떻게 들어 보도록 하자.

루슬린과 압류집행관인 스카보가 들어온다. 책상에 가려진 에티에네트와 시프리엔을
보지 못하고 안쪽에 멈춰 서서 둘이 이야기를 한다. 그들은 글라피외를 신경 쓰지 않고
글라피외는 그들의 대화를 엿듣는다.

3장
동일 인물들, 루슬린, 스카보

스카보　루슬린 씨, 서기실에서 피고인 마르크를 봤는데 바로 그 사람이 그저께 추키모
　　씨 집에서 드 푸엔카랄 남작 명의로 압류가 시작될 때 공매를 멈추게 하고 빚을
　　상환한 사람 같은데요.

루슬린　추키모의 학생으로 부유한 외국인 같다고 하지 않았소?

스카보　제 추측이었지요.

루슬린　밤에 금고를 따야 할 상황에 있는 사람이 사천 프랑을 그렇게 줄 리가 없지요.
　　착각한 거예요.

스카보　루슬린 씨, 남작님 댁 사무원인 마르크가 어쩌면 지불 대리인일 수도 있지요.
　　그렇게 이야기가 전개될 수도 있어요. 암튼 저 젊은이가 맞는 거 같아요.

루슬린　당신이 착각하는 겁니다. 어쨌든 나도 이 사실에 대해 생각을 해 보겠소.
　　우리에게 유리한 것이 무엇인지 보지요. 지금 상황에서는 더 이상 사건을 만들지
　　맙시다. 나는 목표가 하나 있는데 직선 코스로 가야 해요. 가장 빠른 걸음으로요.
　　필수적이지 않은 건 가지를 칩시다. 당신도 소환되었소?

스카보 아니요, 루슬린 씨.

루슬린 그럼 소환되었을 때나 나타나세요.

스카보 그러죠, 그럼 기다리겠습니다.

루슬린 지켜봅시다.

　(악수를 한다. 스카보가 나간다.)

글라피외 (방백)

　그저께 추키모 노인 집에서 드 푸엔카랄 남작 명의로 진행되던 압류를 막고 압류집행관에게 지불을 한 사람이 피고인 마르크인데, 은행에 고용되어 있고 지불 대리인이라니! 그런데 그 마르크가 어제 저녁에 해고되었고 같은 날 밤에 도둑으로 나타나다니. 이게 도대체 무슨 소리지? 아무튼 이 점을 사건에 포함시켜야 해.

　(어슬렁거리며 나간다.)

4장
에티에네트, 시프리엔, 루슬린

에티에네트 아, 저기 루슬린 씨네!

　(일어난다. 시프리엔은 앉아 있다.)

루슬린 여기는 웬일인가요?

에티에네트 댁에서 오는 길이에요, 루슬린 씨. 여기 법정에 계실 거라 하더군요.

루슬린 (방백)

　복수다. 둘이서 여기까지 날 보러 오다니. 이제 아주 나를 찾아다니네. 잘됐어. 내가 꼭 쥐어야지.

에티에네트 루슬린 씨, 당신에게 부탁이 있어서요. 제 아버지는 계속 병환 중이세요. 모든 악재가 겹치네요. 저희의 절망적인 상태를 아시지요. 루슬린 씨, 이만오천 프랑의 어음이 오늘 돌아왔어요.

루슬린 추키모라는 차명으로 서명되었지요. 심각한 일이에요.

에티에네트 아니죠. 아버지가 돈을 가지고 있다고 하셨잖아요. 당신이 서명만 하시면 되잖아요.

루슬린 그보다 더 쉬운 일은 없죠, 부인. 여기까지 저를 찾아오셨으니 그건 저를 받아들인다는 뜻이겠죠. 제가 한 제안은 받아들이지 않으면서 부인의 요청만 받아달라고 하시지는 않겠죠? 따님이 제 청혼을 받아들이는 건가요? 제가 부인의 사위가 되는 거죠, 그렇죠?

에티에네트 루슬린 씨….

루슬린 네, 라고 하세요, 나라면 그러겠어요.

시프리엔 (에티에네트에게 낮은 목소리로)

　　안 돼요, 어머니!

에티에네트 루슬린 씨, 제 딸 문제를 이야기하는 게 아닙니다. 게다가 딸의 감정에
　　대해서는 제가 어찌할 수가 없으니까요. 지금 우리는 저의 아버지가 신탁한 금액에
　　대해 이야기하고 있어요. 당신의 청렴함에 대해 이야기하는 거라구요.

루슬린 죄송한데요, 부인. 저는 그렇게 모욕 당하고 싶지 않습니다.

에티에네트 이보세요, 제 이야기는 아주 간단해요. 당신이 제 아버지의 돈을 가지고
　　계실 것은 아니잖아요. 이건 양심의 문제예요.

루슬린 아니, 계속해서 그러시네요. 부인, 저를 존중하며 이야기하세요.

에티에네트 저는 이해할 수가 없어요. 이렇게 당연한 이야기를 하는데 감정 상할 게
　　뭐가 있나요. 그 돈은 당신 게 아니에요. 제 아버지 것이지요….

루슬린 (말을 가로채며)

　　자, 계속해 보시죠!

에티에네트 당신도 그 돈이 제 아버지 것이라는 건 부정하지 않잖아요. 우리는 돈이
　　필요해요. 우리 상황이 아주 나빠졌어요. 지금 당신의 명예에 호소하는 거예요.

루슬린 정말 심하게 말하시네요! 제 명예까지 들먹이다니! 부인, 제 명성은 당신 같은
　　이 사건의 외부인이 가하는 타격보다 훨씬 위에 있어요. 저 같은 신사가 그런
　　이야기를 들어야 한다는 건 정말 힘드네요. 신사로 알려져 있기에 망정이지 아니면
　　마치 제가 정도를 벗어났다고 믿겠어요!

에티에네트 그런데 루슬린 씨….

루슬린 저같이 자산을 형성해 부자가 되어 파리에 집이 있고 마차도 있고, 저의
　　교구에서 명사고 더 이상 어린이도 아닌 사람이 당신처럼 말하는 것을 참아야
　　한다는 것은 용인할 수가 없는 일입니다. 사회적 지위가 있는 자에 대한 배려는
　　사회의 기본입니다. 제가 사회적으로 얻은 지위에 대해 모욕하는 발언을
　　용인한다는 것은 저의 의무를 다하지 않는 게 됩니다. 이런 식으로 저에게 말을
　　하다니요! 정말 별일이 다 있군요.

에티에네트 루슬린 씨, 당신이 말했잖아요. 어음 결제가 되지 않으면 저희 아버지가
　　아주 곤란한 상황에 놓이게 된다구요. 그런데 이 문제를 해결할 돈이 있다는
　　거잖아요. 저는 그저 이제 우리 돈을 돌려 달라고 부탁하는 거라구요.

루슬린 그렇게 강조하는 것만으로도 사실 제가 성을 낼 만하지요. 이렇게 강조한다는
　　건 저를 믿지 못한다는 뜻이니까요. 부인, 제가 누군지 아세요? 저는 당신들의
　　은인입니다. 당신들은 파멸에 놓여 있어요. 당신에게 제가 손을 내밀고 있지요.
　　제가 당신 딸과 혼인을 하겠다는 거예요. 맞아요. 부인의 아버지는 어려운 상황에
　　놓여 있어요. 바로 이런 힘든 상황에서도 존경받고 있고 존경받을 만한 사람인 제가
　　저를 낮추어 당신들에게까지 가서 청혼을 하고, 저의 보호와 재산을

제공하겠다면서 영광을 바쳤는데, 제가 보상으로 받는 건 불신의 인사와 배은망덕이군요! 부인, 가증스런 일이지요.

에티에네트   루슬린 씨, 당신의 맘을 상하게 하려 드린 말씀은 아니에요. 그런 의도는 전혀 없었어요. 그렇다면 용서하세요.

루슬린   네, 부인의 아버지는 파멸입니다.

에티에네트   그런데 아버지의 돈이면 이 상황에서 아버지를 구할 수 있잖아요. 그걸 돌려주시라구요.

루슬린   부인의 오만함이 당신들 모두의 정신을 흐리게 하네요. 도대체 무슨 생각들을 하고 있으신가요? 그럼 제가 이 상황의 책임자란 말입니까?

에티에네트   루슬린 씨, 정의에 관한 이야기를 하는 중이지요, 당신이 서명만 하면 되는 일이라면서요….

루슬린   도대체 언제쯤 여자들이 이성을 좀 가질 수 있을지? 중요한 게 무엇인지 전혀 모르니. 제가 오늘 이 자리에 서기까지 얼마나 노력을 하고 재능이 있어야 했는지 모르시지요. 저는 이제 곧 국회의원이 될 거라구요.

에티에네트   루슬린 씨, 당신을 불쾌하게 하려고 이야기한 건 아니에요. 아무튼 다시 한 번 사과 드리구요. 단지 제 아버지 돈인 만큼, 당신이 그 돈을….

루슬린   부인, 저는 국방부에서 주는 훈장인 기사장도 받았죠. 원한다면 곧 십자훈장도 받을 수 있습니다. 단 아무에게나 줘 제가 그다지 맘에 두지 않고 있죠. 부인에게 현실을 이해시킬 수 없다는 것이 이해가 안 되네요. 저는 빚이 없어요, 부인. 말로 설명이 안 되네요. 당신의 돈이 저에게 있는데 제가 그걸 보유하고 있는데 그게 당신 아버지 것이고 그래서 제가 서명만 하면 된다구요? 무슨 말인지 모르겠군요. 계속 같은 말만 하시네요. 마치 종소리처럼요. 이런 대화는 정말 피곤하군요. 더 이상 시간을 버릴 수는 없어요. 부인, 따님의 아름다움을 과신하시는 모양이군요. 어떻게 하시려구요? 현실적이 됩시다.

에티에네트   우리는 당신의 손아귀에 있어요. 우리는 당신의 신중함, 청렴… 당신의 관대함에 호소하는 거예요. 당신은 제 말을 이해 못 하시네요. 저보다 말은 빨리 하시면서. 우리가 곤란해지는 것을 원하지 않으시잖아요.

루슬린   글쎄, 저는 당신에게 빚이 없어요. 아시겠어요, 부인? 그러니 사실을 있는 그대로 보는 연습을 하세요. 이런 이야기들을 듣는 건 정말 불쾌해요. 당신은 오히려 제게 감사해야 해요. 곤란한 지경이라구요! 제가 바로 당신들을 거기서 꺼내 주려는 거예요. 보세요, 부인, 저는 제 상황의 유리함을 이용하지도 않잖아요. 저는 안정된 상황에 있는 사람이에요, 부인. 당신 딸이 저랑 혼인을 하게 되는 거죠. 다른 모든 여자들은 그러지 못하는걸요.

에티에네트   루슬린 씨….

루슬린   부인이 잘되길 바라는 저를 이런 식으로 대하는 건 기가 막힙니다. 지나가는 행인한테 물어보면 당신이 정신 나갔다고 할 겁니다. 부인 가족에게 이런 어처구니없는 일이 일어나는 게 제 잘못입니까? 저는 해결책을 드리는 거고, 그걸 선택하시면 되는 겁니다. 오른쪽, 왼쪽으로 길을 잃지 마시구요. 제가 말하는 대로 하세요. 왜 당신 아버지 이름이 추키모입니까? 이 개명을 승인할 수 없지요. 불법입니다. 개명은 언제든 문제를 일으킵니다. 법적으로 이야기를 해 보죠. 정직한 사람들끼리요. 추키모는 모험가의 이름입니다. 저는 루슬린이죠. 제 이름, 제 본명이고 아버지의 이름을 물려받은 거죠. 제가 비콜리에르라는 저의 시골 땅의 명칭을 이름에 더하게 된 것은 내무 대신의 허가가 있어서입니다. 저는 제대로 처리하지 않는 것을 싫어하죠. 여자들 머릿속에는 도대체 무슨 생각이 들어 있는지 알 수가 없네요. 저 같은 사위를 얻는 건 당신에겐 대박인 거죠. 대박을 누리시면 돼요. 부인은 행복한 사람이라고 생각하기만 하면 된다구요. 물론 제가 취소하지 않게 주의해야지요. 자, 이제 본론으로 들어가서 끝냅시다. 단호하게 말하지요. 이 외에는 다른 방법이 있을 수가 없어요. 제가 따님과 혼인하면 당신의 문제는 해결되는 거죠. 제가 결혼을 안 하면 당신들은 파멸이에요. 저를 사위로 받아들이시겠어요? 네, 아니오로 답을 하세요.

에티에네트 아, 이런 번민의 상황이! 아버지를 희생할 것인가, 딸을 희생할 것인가.

루슬린 네, 아니오로.

시프리엔이 일어나서 루슬린에게 간다.

시프리엔 당신같이 부자인 분이 아무것도 없는 빈털터리인 저와 왜 혼인하려고 하는지 저는 이해할 수 없어요. 당신의 목적이 뭐죠?

루슬린 아가씨, 당신을 사랑해요.

시프리엔 저는 사양합니다. 저는 당신을 사랑하지 않아요. 이제 저도 당신의 명예 그리고 그보다 더 고결한 것에 호소하지요. 저는 돈에 대해서는 몰라요. 그러나 정신과 마음에 대해서는 이해해요. 저를 포기하시도록 한마디 드릴게요. 저는 다른 사람을 사랑해요.

루슬린 다른 사람을 사랑한다고요?

(방백)

그렇겠지!

시프리엔 저는 은행에서 일하는 마르크를 사랑해요.

루슬린 마르크?

시프리엔 저는 그 사람을 사랑해요. 그이도 저를 사랑하구요. 우리는 결혼을 약속했으니 그 사람과 결혼할 거예요.

루슬린 그럼 도형장에서 하겠군요?

4막 법정

시프리엔 루슬린 씨, 무슨 말이신지요?

루슬린 저쪽을 보시죠.

무대 안쪽에서 에드가르 마르크가 두 명의 경관과 함께 입장한다. 외부 회랑에서
들어온다. 고개를 숙이고 있어 아무도 보지 못한다. 왕명 검사실이라 쓰인 작은 문으로
들어가더니 사라진다. 무대 안쪽에서 왔다갔다 하던 법정 경관이 문을 닫는다.

시프리엔 에드가르! 경찰들! 이게 무슨 일일까?

루슬린 법정 경관에게 물어보시죠.

시프리엔 (법정 경관에게 달려가)
경관님! 저 젊은 남자분은….

법정 경관 피고인 마르크예요. 드 푸엔카랄 은행의 직원이죠. 지난밤에 남작님 금고를
털러 들어갔다가 체포되었어요. 밤에 주거 중인 가택을 무단침입했고, 그러면 십오
년 강제노동형이 구형되죠. 아마 그 형을 받을 겁니다.

시프리엔 (두 손을 맞잡고 꼬면서)
세상에! 어떻게 그런 일이!

법정 경관 그러게요.

시프리엔 하느님! 오, 하느님!

루슬린 (시프리엔의 팔을 잡으며 낮은 목소리로)
저 남자를 구하고 싶으세요?

시프리엔 루슬린 씨….

루슬린 그를 구하고 싶나요?

시프리엔 루슬린 씨….

루슬린 나와 결혼해 줘요.

시프리엔 루슬린 씨….

루슬린 나랑 결혼하겠다고 지금 확답을 주면, 제가 드 푸엔카랄 남작을 알고 있으니
고소장을 바로 취하하게 해 주지요. 그리고 이 사건을 무마하지요. 그럼 마르크는
자유의 몸이 될 거예요. 결혼한다고 말해 주세요.

시프리엔 (낮은 목소리로)
네. 아, 죽고 싶어! 도대체 이게 어떻게 된 일일까?

루슬린 (에티에네트에게)
부인, 제가 당신 사위입니다.

에티에네트 제 딸이 동의를… 애야, 너 동의한 거니?

시프리엔 네, 어머니.

루슬린 바로 처리하도록 하지요. 특히 제 말을 거역하지 마세요. 당신들 모두 이제

구제된 거예요.

(회랑을 바라본다.)

저기 드 푸엔카랄 남작님이 오시네요. 남작님도 바로 이 사건 때문에 오신 거예요. 가서 이야기를 하겠습니다. 우리의 결혼도 알리고요. 바로 우리의 결혼을 축복하기 위해 사면을 부탁할 거예요. 내게 동의해 주실 겁니다. 거기에 대해 내가 답을 할 테니 나처럼 이야기해야 해요. 우리가 서로 합의하지 않은 듯하면 다 틀어져요. 이해했지요?

시프리엔 네.

드 푸엔카랄 남작이 회랑의 문을 열고 들어온다. 법정 경관에게 소환장을 보여 준다. 법정 경관이 검사하는 동안 글라피외가 남작 뒤를 따라 들어와 멈춰 서서 쳐다보고 듣는다.

법정 경관 소환장은 마르크 씨 사건 때문인 거죠? 이쪽입니다, 남작님.

5장
동일 인물들, 드 푸엔카랄 남작, 글라피외

글라피외 (방백)

그날 아침 이 헐벗은 사람들 집에 있었던 압류가 대 은행가인 남작 명의로 되었고, 바로 이 마르크, 어젯밤 나의 적수이자 이 은행가의 직원인 마르크가 집행관에게 돈을 지불하고 공매를 멈췄다는 거지. 이게 계속 머리를 맴도네. 할 수 없지. 어떻게든 해결해야 해. 우리 사정을 생각해야지. 이 젊은이가 한 짓은 거의 확실해. 나라도 그의 입장이 되고 싶진 않지.

드 푸엔카랄 남작 (글라피외를 알아보며)

아! 여기 용감한 갈비외 씨가 왔군.

글라피외 (방백)

남작이 내 이름을 잘못 쓴 거군.

(목소리를 높여)

네, 그렇습니다. 남작님.

푸엔카랄 남작 당신도 나처럼 어젯밤 사건의 조사 때문에 소환된 거죠? 괴로운 일이군요.

슬린 (인사하며)

저희들은 증인입니다. 남작님은 원고이십니다.

드 푸엔카랄 남작 아! 안녕하시오, 루슬린 씨. 당신도 소환되었군요.

루슬린 네, 남작님.

드 푸엔카랄 남작 (법정 경관에게)

　　검사가 곧 오는 건가요? 그렇죠?

법정 경관 마르크 사건으로요? 가중 절도행위죠. 남작님. 검사님이 곧 검사실에서

　　공판을 진행하실 겁니다. 신임 검사로 젊은 분이시죠. 지금 피고의 수감 기록을

　　조회 중에 있습니다.

글라피외 (시프리엔과 에티에네트를 알아보며)

　　(방백)

　　아니, 저 아가씨가 여기에! 어머니까지! 둘 다 증인인가? 여기에는 어떻게 온 걸까?

루슬린 (드 푸엔카랄 남작에게 시프리엔을 가리키며)

　　남작님, 제 부인을 소개해 드리겠습니다.

글라피외 (계속 무대 안쪽에서)

　　뭐?

드 푸엔카랄 남작 이름이?

　　(방백)

　　(시프리엔을 바라보며)

　　내 딸도 이 나이일 텐데.

루슬린 추키모 양입니다.

드 푸엔카랄 남작 당신에게는 정말 젊은 여성이네요. 당신이 선의의 행동을 하면

　　아가씨도 당신을 사랑하게 되겠지요. 당신이 한 선행의 아름다움을 얻게 되겠지요.

　　(시프리엔에게)

　　아가씨, 축하합니다. 당신은 정직하고 선량한 남편을 얻는 겁니다.

글라피외 (방백)

　　순진한 백만장자 같으니라구! 아니 어떻게! 저 아가씨가 수락을 했지! 말도 안 돼.

　　아가씨가 저렇게 창백하다니!

루슬린 (에티에네트를 가리키며 드 푸엔카랄 남작에게)

　　이 부인이 제 장모이십니다.

에티에네트 (떨면서 고개를 숙여 인사하고 눈을 내리간다.)

　　(방백)

　　아, 이 남자가 그렇게 부자라니! 감히 쳐다보지를 못 하겠네. 가난하다 보니 이렇게

　　두려운 거겠지!

루슬린 (낮은 목소리로 시프리엔과 에티에네트에게)

　　약속한 대로 할 테니 걱정 마세요.

루슬린이 두 여자에게 낮은 목소리로 말하는 동안 글라피외는 드 푸엔카랄 남작의 뒤로 가서 종이 하나를 건넨다. 1막, 시프리엔의 집에서 그가 집어 온 편지다.

글라피외 (낮은 목소리로 드 푸엔카랄 남작에게)

이름에 앙드레가 들어 있고 또 혹시 시프리앵이란 이름도 있으시면 이걸 한 번 보시면 좋을 텐데요.

드 푸엔카랄 남작이 기계적으로 종이를 받는다. 그는 눈을 내리깔고 있는 에티에네트를 계속 지켜보며 온 관심을 쏟는다.

드 푸엔카랄 남작 (방백)

정말 이상해. 저 여자…. 이상한 느낌이 드네, 무슨 일일까?

루슬린 (드 푸엔카랄 남작에게 따로)

여기서 나가는 대로 시청으로 가서 혼인공시를 하겠습니다. 추키모 씨네 가족의 어려움이 어떤 것인지 상상하시기 어려울 것입니다. 이제 이 가족이 모두 행복할 걸 생각하니 제 마음이 벅찹니다.

글라피외 (방백)

우웩!

드 푸엔카랄 남작 (편지를 읽지 않고 에티에네트에게)

부인이 추키모 음악선생의 아내이십니까?

에티에네트 (눈을 계속 내리깔고)

아닙니다, 남작님. 저는 딸입니다.

드 푸엔카랄 남작 (방백)

이 목소리는…. 그럼 부인은 과부이십니까?

에티에네트 (점점 더 떨면서)

아닙니다. 저는 과부가 아닙니다. 남작님께 거짓말을 할 수가 없네요. 결혼에 관해서는 신중해야 하니 제 상황에 대해 사실대로 말씀 드리지요. 정말 견딜 수 없는 어려움들이 있습니다. 여성들이 항상 행복한 건 아니지요. 그래도 저는 그이를 원망하지 않습니다. 그는 저를 정말 사랑했어요. 우리는 젊었지요. 저랑 결혼했었을 거라고 확신한답니다. 불행이 닥쳐 우리는 헤어져야 했지요. 징병을 당한 거예요. 그의 잘못이 아니에요. 저는 정말 불행한 사람이죠. 남작님 같이 신분이 높으신 분들은 저희들의 삶이 어떤지 알 리가 없어요. 어쩔 수 없이 이름을 바꾸고, 숨어야 하지요. 여성이 감춰야 할 게 있을 때는 되도록 숨어 살게 돼요. 제가 말씀 드리는 것을 이해하실 수 없을 거예요. 그래도 말씀을 드려야지요. 딸을 혼인시켜야 할 때에는 어쩔 수 없이 다 드러나게 되니까요. 저는 그이를 원망하지 않습니다.

오히려 그에게 축복이 있기를 바라지요. 그는 저를 많이 사랑했거든요. 남작님, 저는 과부가 아닙니다. 사람들이 저를 과부 앙드레라고 부르긴 하지만요.

드 푸엔카랄 남작 과부 앙드레!

(그의 시선이 들고 있던 편지에 닿는다.)

내 글씨야!

(정신없이 편지를 읽더니 에티에네트를 바라본다.)

에티에네트 (편지를 알아보며)

남작님, 어떻게 그 편지가 거기에? 제가 보관하고 있던 편진데요.

드 푸엔카랄 남작 아, 당신. 에티에네트!

에티에네트 남작님!

드 푸엔카랄 남작 에티에네트!

에티에네트 시프리앵!

드 푸엔카랄 남작 그녀야! 아! 내 사랑, 이제 되찾았어!

에티에네트 그럼 남작님이…! 당신이었군요!

드 푸엔카랄 남작 천오백만 프랑! 이제 내가 천오백만 프랑을 가지고 있어. 그건 당신 거야! 오, 당신이 얼마나 고통받았을지! 이건 다 당신에게 가져온 거야. 다 당신에게 주는 거야. 왜 내가 이 자산을 가지고 있는지, 그건 바로 당신이 존재하기 때문이지. 나의 막대한 부의 비밀을 설명하는 거야. 당신의 자산을 내가 마련하고 있었던 거지. 아, 이제부터 당신은 행복해야 해. 이십 년! 이십 년을 보지 못하고 지냈어. 내 머리가 희끗거리는 게 보이지. 당신이 부자라고 생각해 봐. 이제 그 어떤 일도 당신에게 일어날 수 없어. 원하는 걸 다 누리는 거야. 당신은 정말 아름답군. 항상 아름다워! 내가 바로 당신의 앙드레야. 내가 남작이기 때문에 짐작을 못 했을 거야. 내가 얼마나 당신을 찾았는데! 나는 사는 게 아니었어. 세상이 모두 나를 부러워하는데도 말이야. 참 이상하지. 나는 번영의 껍데기를 쓴 절망이었지. 기쁨이라고는 전혀 느끼지 못했어. 웃을 수도 없었지. 내 안에 당신의 어두운 운명을 품고 있었으니까. 누군가 내 속을 들여다봤다면 무덤을 봤을 거야. 갑자기 전혀 기다리지 않은 순간에 신이 손을 뻗어 영혼을 돌려준 거야. 궁핍한 삶, 당신이 얼마나 궁핍했을까. 사랑하는 그대, 이제 우리가 서로 헤어지는 일은 없을 거야. 당신은 드 푸엔카랄 남작 부인이 되는 거야. 인간이 상상할 수 있는 그 어떤 일도 지금 일어난 일에 비하면 아무것도 아니라는 게 정말 신기해. 이십 년! 이제 우리 다시 시작하는 거야. 우리는 아직 젊으니까. 나는 정말 정신을 잃을 지경이야. 내가 여느 때처럼 증권거래소에 가려 했다니. 에티에네트, 당신이 맞지? 당신을 정말 사랑해. 당신의 불쌍한 어머니는 돌아가셨군. 어머니도 우리와 같이 이 순간 여기에 계시다고 믿어. 여름에는 시골 휴양지에 갑시다. 다시 우리가 에티에네트와 시프리앵이 되었군. 한꺼번에 하고 싶은 말이 너무 많아. 내 맘이 기쁨에 넘쳐서.

내가 얼마나 복종을 잘하는지 보게 될 거요. 당신 손을 줘요.

에티에네트   애야, 너의 아버지시란다.

드 푸엔카랄 남작   (둘을 품에 힘껏 안으며)

내 딸아!

(하늘을 바라보며)

오, 선량하신 하느님.

루슬린   (방백)

제기랄, 이게 무슨 날벼락이람!

(글라피외를 보며)

저자는 도대체 뭐지. 일이 걷잡을 수 없이 빨리 진행되네. 모든 게 수포로 돌아갈 것
같아. 이제는 앞서 치고 나가는 수밖에 없어.

(남작을 큰 소리로 부르며)

남작님, 눈물을 주체할 길이 없습니다….

글라피외   (방백)

악어 같은 위선자!

루슬린   남작님, 이런 뜻밖에 엄청난 일이! 거대한 예상치 못한 영광의 빛이 제게까지 온
것같이 느껴집니다. 이 무한한 기쁨 속에 일부인 저도, 이 자리에서 존경하는
남작님께 한 가지 불행한 일을 기억하시라고….

(시프리엔에게 낮은 소리로)

지금 약속한 걸 지키려고 하는 중이요, 보시다시피.

(큰 소리로 남작에게)

남작님, 지금 이 무시무시한 법정에 한 명의 인간이 잘못을 저질렀다기보다는 길을
잃고 들어와 있고 그의 운명은 남작님 손에 달려 있습니다.

(드 퐁트렘이 검은색 옷과 금줄 달린 모자를 쓰고 들어온다.)

바로 검사님이 입장하고 계십니다.

(드 퐁트렘이 사람들을 쳐다보지 않고 바로 한 단 높은 책상 쪽으로 가서 앉는다.
서기가 그 앞에 서류를 가져온다. 경관이 문 근처에 서 있다. 드 퐁트렘이 법전을
펴고 주의깊게 들여다본다.)

남작님, 타인의 불행을 생각하기 위해 저의 행복을 잠시 잊도록 해 주십시오.
남작님 앞에 가엾은 마르크를 탄원한 사람이 있습니다. 남작님의 이름으로
고소장이 접수된 사건에 마르크가 구속되어 있으니 부디 고소를 취하하셔서 이
젊은이에게 자유를 주시면 훗날….

드 푸엔카랄 남작   고소를! 내가! 아니, 아니지. 고소라니. 만인이 행복과 자유를
누려야지. 나 스스로도 고통에서 해방된 날인데.

루슬린   검사님, 고소가 취하되었습니다. 더 이상 기소할 이유가 없으니 구속이

정지되어야 합니다. 드 푸엔카랄 남작님은 마르크를 즉시 석방할 것을 요청합니다.

드 퐁트렘 (법전을 보면서)

고소가 취하되면 민사소송은 즉시 효력을 상실하지만 공소까지는 아니지요.
기소이유는 없어지지만 범죄는 남아 있는 거죠. 법정에 고소가 된 이상 계속
진행됩니다.

루슬린 검사님….

드 퐁트렘 (법정 경관에게)

피고인 마르크를 입장시키시오.

법정 경관이 중문을 연다. 에드가르 마르크가 두 명의 경관 사이에서 들어온다.

법정 경관 조용히 하시오.

6장
동일 인물들, 에드가르 마르크

에드가르 마르크가 무대 안쪽에서 눈을 내리깔고 팔짱을 낀 채 경관들 사이에 서 있다.

드 퐁트렘 피고인 마르크는 어젯밤에 있었던 사건 증인들과 대질 신문을 위해
소환되었소. 가택침입과 절도죄로 체포된 겁니다.

에드가르 마르크 거짓말! 모함이요!

드 퐁트렘 조용히 하세요! 당신은 이 사건뿐만 아니라 전과에 대해서도 설명을 해야 할
거예요. 당신은 도박꾼으로 기록되어 있군요. 은행에 입금하기로 되어 있던 상당한
금액을 횡령하고는 분실했다고 한 것으로 보이네요. 금고를 열어 현장에서
체포되었으니 법정으로서는 의심의 여지가 없다고 판단됩니다. 법은 이런 종류의
범죄에 대해 도박꾼과 충실하지 않은 은행 직원 사이에서 결정하는 수밖에
없습니다.

에드가르 마르크 검사님!

법정 경관 조용히 하시오!

퐁트렘 한 가지 더, 사건 당일, 금고의 경비원이며 보기 드문 청렴함과 신중함으로
남작과 검사의 신임을 받은 갈비외, 어떠한 의심도 할 수 없는….

라피외 (방백)

감동적일 정도로 미미한 의심이야! 마르크는 도적질을 위해서 거기 있었고 나는
아니지. 그러니 그가 도둑이야. 그 다음은 알아서 해야지!

드 퐁트렘 (계속한다.)

한밤중에 발코니에 올라가 유리를 깨고, 창문을 열어 침입, 무기로 금고를 강제로 열었을 때, 소음 때문에 잠에서 깬 금고 경비원이 침입자에게 몸을 던져….

에드가르 마르크 범죄자는 바로 그예요!

드 퐁트렘 비현실적인 이야기를 하는군요. 발코니를 기어오른 사람이 누구죠? 당연히 경비원은 아니죠. 유리창이 깨졌는데 누구 때문이죠? 경비원은 아니죠. 창문이 열렸어요. 누구에 의해서요? 역시 경비원은 아니에요. 금고를 강제로 열었어요. 누가요? 경비원인가요? 불가능하지요. 다르게 설명해 보세요.

글라피외 (방백)

무사히 나오기 힘들겠군.

에드가르 마르크 그런데 그게 사실이에요. 저는 그 남자를 의심하고 있었어요….

드 퐁트렘 왜죠? 그가 정직한 행위를 해선가요?

에드가르 마르크 맞아요. 바로 그 때문이에요!

드 퐁트렘 아무렇게나 답을 하는데 잘 생각해 보세요. 서둘러 말하려고 애쓰지 말고요.

에드가르 마르크 경비원을 감시하려고 했어요….

드 퐁트렘 왜죠? 그의 성실함이 입증되었기 때문이에요? 그래서 남의 집 담을 넘어 유리를 깨고 창문을 땄나요?

글라피외 (방백)

십오 년은 구형되겠어.

드 퐁트렘 법정에서 판단하겠지요.

에드가르 마르크 아! 이렇게 명예가 실추되는 걸 보고 있지만은 않을 거예요. 가증스런 외형적 사실들. 하늘이 제 증인이에요. 전 죄인이 아니라구요.

드 퐁트렘 당신이 범인 맞아요.

에드가르 마르크 아, 비극의 심연이야! 결백하지만 파멸이라니!

(시프리엔을 알아본다. 절망의 외침.)

시프리엔!

시프리엔 에드가르!

(시프리엔이 그에게 달려간다. 루슬린이 붙잡는다.)

에드가르 마르크 시프리엔!

글라피외 에드가르! 에드가르라고? 이 사람 이름이 에드가르야? 그 에드가르가 이 사람이야?

시프리엔 나의 에드가르!

글라피외 죄송하지만, 일 분만요. 딱 일 분이에요. 얘기가 달라지는 데에는요. 이 사람이 에드가르예요.

(무대 정면으로 나와 모든 사람을 바라보며)

혹시 소바주 도박장을 아는 분 여기 있나요?

드 퐁트렘 이 남자는 뭐요? 증인이요? 소환장을 받았나요? 누구시죠?

(방백)

어디서 본 적이 있는 얼굴인데.

글라피외 제가 글라피외예요. 아니, 갈비외죠. 어젯밤의 금고지기요. 제가 사천 프랑을
가져온 사람이죠.

드 퐁트렘 길에서 주워 온 거죠.

글라피외 길에서 찾은 게 결코 아닙니다.

드 퐁트렘 그럼 어디서 발견했나요?

글라피외 강에서요.

드 퐁트렘 강이요?

글라피외 아주 간단합니다. 카니발 기간이지요. 무도회가 있었구요. 가면 무도회죠.
룰렛 게임도 있고, 물론 가면을 쓰고 하지만요. 왈츠, 카드리유 춤, 트랑테카랑트
카드놀이, 도박도 하고 부인들과 춤도 추고요. 사교계 사람들은 모두 거기에 있죠,
물론 아무나 가는 건 아니고요. 음악도 멋지구요. 저녁식사를 하는 사람도 있고,
노래를 하는 사람도 있고, 도박을 하는 사람도 있습니다. 따는 사람도 있고 잃는
사람도 있지요. 춤을 추는 사람도 있고 강물에 몸을 던지는 사람도 있구요. 재미를
좀 보는 때인 거죠, 안 그렇습니까? 선량한 젊은이가 도박에 만족하지 못하고
강가로 한달음에 달려가 풍덩 강물에 뛰어듭니다. 또 다른 선한 젊은이가, 이분은
가짜 코를 달고 있었는데, 주머니를 뒤져 보고 외칩니다. 저 남자를 구하는
사람에게 드리겠소! 누더기를 입고 배고픈 또 한 사람의 떠돌이 남자가 그럼 해
볼까라고 답을 합니다. 물에 뛰어들어 젊은이를 데려옵니다. 이렇게 강물에서 사천
프랑을 발견하는 거죠. 가만히 생각해 보면 가능한 이야기 같지 않나요?

드 퐁트렘 (방백)

그러나 사실이지.

글라피외 강물에 뛰어든 젊은이는

(에드가르 마르크를 가리키며)

바로 이 사람입니다. 그를 구해낸 사람은 바로 접니다. 그리고 돈을 준 분은….

퐁트렘 그래서요?

글라피외 그 정도로만 하겠습니다. 암튼 선량한 사람이었습니다.

퐁트렘 당신 말대로 강가에서 받은 돈을 길에서 주웠다고 선언했지요. 그게 바로
이상한 부분이에요. 당신에게 불리한 거짓말을 했어요. 왜 이런 사기를 친 거죠?
돈을 잃으면서. 무엇을 위해 돈을 잃어 가면서 그런 말을 했나요? 당신은 가난한데
부자를 위해 돈을 주면서 말이죠. 이 돈은 당신 거고 당신이 번 돈인데도요. 세 끼
식사도 못하고, 누더기를 입고, 비참하게 떠돌아다닌 사람, 집도, 밥도, 보호처도

없는 당신이 백만 프랑의 열다섯 배나 되는 자산을 가진 사람에게 주다니요!

글라피외 아세요? 사람이란 그렇게 맘을 쓸 때가 있다는 것을요.

드 퐁트렘 이야기해 보세요. 다 말하세요. 당신의 의도는 뭐였나요?

글라피외 그 집에 들어가려고요.

드 퐁트렘 무엇하러요?

글라피외 저질러진 그 일을 하려구요.

드 퐁트렘 무슨 소리요? 어젯밤 금고는 이 남자가 열었는데.

글라피외 그가요? 아니에요.

드 퐁트렘 그럼 누가 했소?

글라피외 제가요.

드 퐁트렘 당신이!

글라피외 네, 제가요.

드 퐁트렘 훔치려구요?

글라피외 아니요. 도난을 막기 위해서요. 그런데 이 부분은 저랑 관계된 거예요. 누가 제 조사를 해 보면 알겠지만 저는 갈비외가 아니에요. 저는 재범자인 글라피외예요. 제 서류들을 보세요. 제 전과를 보세요. 저는 이렇게 말하겠어요. 나를 모르는 노인의 돈을 일 상팀도 보태지 않고 그 금액만 꺼내려 했어요. 한 번도 본 적은 없지만 그에게 돈을 돌려주고 싶었어요. 그의 돈을 다시 그에게 돌려주려구요. 소유권을 진정한 소유자에게 돌려주려구요. 이 범죄에서 저는 사취의 욕심이 없었어요. 필요한 돈에서 한 푼도 더 꺼내지 않았지요. 미쳤다고 하시겠지요. 어깨를 으쓱거리시겠죠. 저의 맹세요? 받지 않으시겠지요. 저의 양심이요? 비웃으시겠죠. 저는 재범자 글라피외거든요. 재범자는 재범자일 뿐이죠. 비난은 어쩔 수 없구요. 저는 잘해 보려 했어요. 그래서 선행을 하기가 더욱 어렵지요. 그래서 제가 오히려 피해를 입힌 거 같아요. 실패한 선행이지요, 그래서 처벌이 기다리는 거겠죠. 그래서 제가 고백합니다. 아직 실수를 만회할 수 있는 시간이 있으니까요. 제가 도둑입니다. 진짜 도둑은 접니다. 이게 무슨 사건인지 저는 잘 압니다. 거주자가 있는 곳을 침입하여 물건을 훔친 경우 이십 년간 툴롱 감옥. 거기에 대해서는 말하지 마세요. 그건 절대로 진실이 알려지지 않을 테니까요. 진실은 항상 감춰지기 마련이죠.

드 퐁트렘 이해할 수가 없네요. 상상도 안 돼요. 도대체 무슨 소린가요?

글라피외 이 젊은이들을 혼인시키세요.

（에드가르 마르크와 시프리엔을 가리키며）

아! 이해가 안 되나요? 나는 이해가 잘 되는데. 무슨 소리인지 못 알아들으신다구요? 나는 알고 있어요. 은행가님, 이 젊은이가 한 일을 이야기해 드릴게요. 당신 손을 주세요.

（에드가르의 손을 삽고 흔든다.）

4막 법정

자, 그가 한 일을 말씀 드리면 은행가님 가족이 비참한 상태에 있을 때, 부인과 따님이 천오백만 프랑 옆에서 헐벗고 있을 때, 은행가님의 부인과 따님이 바로 이 남자의 발톱, 죄송해요, 좀 정중하게 이야기하면 이 신사분의 손아귀에 있었어요. 이 사람은 그들을 움켜쥐고 괴롭혔죠. 당신의 딸을 정부로 삼으려고 노리고 있었지요. 제가 현장에 있었어요. 다 봤지요.

드 푸엔카랄 남작 루슬린!

글라피외 제 말을 믿으세요. 저 사람은 잔인한 인간이에요.

에티에네트 맞아요.

시프리엔 네, 그래요.

글라피외 저는 이분들 집 안에서 봤어요. 고문실이었죠. 제가 그 고통의 현장에 있었어요. 압류집행관들, 압류, 죽어 가는 노인, 모욕 당한 어머니, 이제 남작님 부인이시죠. 그리고 거래 당하는 아가씨, 따님 이야기입니다. 제가 요약하자면요, 정말 기가 막혔지요. 그런데 이 젊은이가 당신이 은행에 보냈는데 무슨 일이 일어나는지 모르면서, 필요한 곳에 내리는 신의 은총에 의해 바로 그 비참한 순간에 왔어요. 남작님이 전혀 모르는 상황에서 남작님의 명의로 본인의 가족을 괴롭히는 순간에 이 젊은이가 사랑에서 오는 명석함으로 그들을 구했어요. 이 젊은이는 당신의 자산 중에서 빵 부스러기에 해당하는 것을 손에 쥐고 있었지요. 그러나 그 부스러기만으로도 충분하지요. 새에게 주는 빵 부스러기 하나에 해당하는 것이지요! 물론 저는 항상 그 빵 부스러기도 없었지만요. 당신의 리야르 은화 몇 닢으로 그는 당신의 부인과 따님을 구해냈습니다. 남작님의 압류집행관에게 돈을 준 것이지요. 거기에 남작님의 사천 프랑을 사용한 거예요. 자, 이제 서로 포옹하세요!

(에티에네트를 가리키며)

여기 남작님의 부인이시고.

(시프리엔을 가리키며)

따님이세요.

시프리엔 아버지, 전 그이를 사랑해요!

드 푸엔카랄 남작 (에드가르 마르크에게)

자넨 내 아들일세!

(서로 얼싸안는다.)

글라피외 (시프리엔에게)

아가씨가 에드가르 마르크랑 결혼할 거라고 운명에 씌어 있었다오.

시프리엔 에드가르!

에드가르 마르크 시프리엔!

글라피외 (방백)

이렇게 모든 게 해결되네. 노인도 살아나고. 생각보다 더 멋지게 되었어. 모두 만족하고. 나도 그렇고.

시프리엔 (글라피외 쪽으로 몸을 돌리며)

아, 당신은 구세주세요!

글라피외 (웃으면서)

그건 좀 과하네요. 아니에요.

시프리엔 우리랑 같이 있어요.

글라피외 불가능해요. 저는 해당이 안 돼요. 아가씨, 구세주가 경관 사이에 끼어

퇴장하는 걸 보게 되었네요.

(경관에게)

여러분, 이 모든 건 당신들의 잘못이 아니에요. 자, 나를 데려가시오.

드 푸엔카랄 남작 (드 퐁트렘에게)

검사님, 고소는 더 이상 없습니다. 저는 이분이 맘에 듭니다. 석방해 주실 것을

요청합니다….

글라피외 (드 푸엔카랄 남작에게 거절의 손짓과 감사의 웃음을 지으며)

가족이 행복하신 것으로 되었습니다. 남작님도 해야 할 일이 많은 분이세요.

행복하다는 건 중요하지요. 더 이상 제 염려는 마세요.

드 푸엔카랄 남작 (드 퐁트렘에게)

검사님, 정말 거듭 말씀 드립니다….

드 퐁트렘 법적 절차가 있습니다.

(경관이 글라피외의 양옆에 선다.)

이 사람의 자백이 사건의 방향을 바꾸었습니다. 그러니 안심하세요, 남작님. 우리는

관대할 겁니다. 우리가 할 수 있는 데까지 해 보지요.

(글라피외에게)

도형장에 가는 건 막아 보도록 하지요. 여러 가지 정황을 고려하도록 하겠습니다….

글라피외 별로 걱정하지 않습니다. 저는 바닷가를 좋아한답니다.

(드 퐁트렘에게 낮은 목소리로)

당신을 알아봤습니다. 그러나 큰 소리로 말하지는 않겠어요. 가짜 코를 붙이셨던

분이시죠? 소바주 도박장에서 뵌 선량한 분이셨지요. 당신이 이 사건에 연루되지

않길 바랐지요. 그래서 당신에 관한 건 주의했어요.

(드 푸엔카랄, 에드가르 마르크, 에티에네트와 시프리엔 쪽으로 몸을 돌리며)

그럼, 여러분 부디.

(시프리엔에게)

제게 착했던 아가씨, 행복하세요. 당신을 축복합니다. 부디 안녕히.

(루슬린에게)

안녕히 계시오.

옮긴이 주註

1. André-Charles Boulle(1642-1732). 프랑스의 공예가. 특히 상감기술을 이용한 가구, 장식품 제작에 능해 프랑스왕실의 가구를 많이 제작했다.

2. 1823년 경찰청장이던 푸코 자작이 외국파병 예산 심의에 반대하는 의원을 의자에서 강제로 일어나게 해 의회에서 추출한 실제 사건을 말한다. 즉 강제로 범죄자로 몰아 잡아갈 것이라는 뜻이다.

3. 『레 미제라블』에서 정관에 충실한 경찰청장으로 묘사된 실존 인물로, 1820년 이후 자유주의자들을 특히 탄압한 것으로 유명하다.

4. 1830년대에 1프랑[franc, 리브르(livre)]은 오늘날 2유로로 20상팀(centimes)으로 약 3,000원 정도다. 4,000프랑은 8,800유로로 약 1,200만 원이다. 그러나 당시 부의 생산은 오늘날과 같이 풍요롭지 못했기 때문에 실제 가치는 훨씬 컸다. 1프랑은 100상팀이며, 1수(sou)는 5상팀, 1루이(louis d'or, 나폴레옹 금화)는 20프랑이다.

5. protêt. (어음 따위의) 거절증서라는 뜻으로 동음이의어인 생 프로테(Saint-Protais) 성당을 잘못 알아듣고 있다.

6. 장 바티스트 에파니의 5막극이다.

7. 글라피외가 밑창과 굽이 다 닳은 자신의 신발을 납작한 무도화에 비유하고 있다.

8. 카리브디스와 스킬라는 그리스 신화에 등장하는 바다 괴물로, 시칠리아 연안 메시나 해협에서 지나가는 선원이나 배를 삼킨다고 알려져 있다. 위험을 상징하는 인물의 은유로 사용된다.

9. 1025년 수도사인 귀도 다레초가 세례 요한 성가의 구절 중 앞 음절을 따서 여섯 개의 음을 만들었다. 가사는 'Ut(도) queant laxis re(레) sonare fibris mi(미) ra gestorum fa(파) muli tuorum sol(솔) ve polluti la(라) bii reatum'이다. '웃(Ut)'은 17세기에 발음이 쉬우면서 하느님(Dominus)을 뜻하는 도(Do)로 바뀌었다.

10. 오름 부둣가와 셀레스텡 부둣가, 그리고 파리 시청 부둣가의 일부를 합해 센 강의 파리 시청 부둣가로 불렀다. 오름 부둣가는 에콜 부둣가로도 불렸다.

11. 빅토르 위고는 검열을 피하기 위해 당시에 유행하던 노래를 약간 바꿔 인용했다.

12. 송신시 압축된 공기로 편지를 밀어내는 속달 전보 배달 시스템에 대한 암시. 파리시는 당시 마차 배달이 아닌 속달을 위해 지하관을 구축하고 있었다.

13. 위레(Huret)와 피세(Fichet)는 18세기 파리의 저명한 열쇠공들로, 피세는 자물쇠, 금고 등을 개발했다.

14. Saint François Régis(1597-1640). 교구의 가난한 가정을 위해 자선활동에 헌신하고 교육에 힘썼던 성인으로 6월 16일이 그의 축일이다.

15. 프랑스 혁명(1789)을 말한다.

16. 볼테르의 희곡 「탱크레드('Tancrède)」의 주인공은, 십자군 전쟁시대의 유명한 기사였던

탕크레드를 연상시키는 용기와 용맹함으로 정권에 반대하고 자유를 신봉하며, 중세의 기사와 같은 충실함으로 자신의 사랑을 지켜 나가는 인물이다.

17. 「탕크레드」의 한 구절인 "시칠리아를 위해 복수를 한 멋진 기사들"을 조금 변형시켜 인용했다.

18. 19세기 프랑스에서 유행했던 춤이다. 기사와 귀부인으로 구성된 네 사람이 한 조가 되어 다양한 리듬과 음악에 맞춰 춤을 추었다.

19. Trente et quarante. '루즈 에 누아르(Rouge et Noir)'라 불리기도 하는 프랑스의 카지노 놀이. 붉고 검은 마름모꼴이 그려진 테이블 위에서 하는 카드 게임으로 블랙, 레드, 컬러, 인버스 등 네 개의 패를 가지고 놀이를 한다. 31과 40 사이의 숫자를 조합하는 것으로 40이 넘지 않으면서 31보다 큰 숫자를 맞추면서 같은 색으로 카드를 배열해야 한다.

20. Jean-Pierre Claris de Florian(1755-1794). 실존 인물로, 소설가이자 극작가였으며 우화작가이기도 했다.

21. Belzébuth. 모든 날짐승의 신으로 특히 셈족이 숭앙하던 곤충의 신이다. 악마와 지옥을 상징하며 구약과 성경에도 등장한다.

22. 원래 이름은 'Le Moniteur Universel'이다. 1789년 샤를-조제프 팡쿠크가 창간하였고 1901년 6월에 폐간되었다. 혁명 당시에는 3부의회에서 일어나는 시민들의 다양한 의견을 전달하는 언론의 역할을 하였으나 나폴레옹 3세가 제정을 선언한 후에는 정부의 프로파간다 지 역할을 했으며 특히 의회에서 있었던 토론을 전사해 실었다.

23. Nicolas-François de Bellart(1761-1826). 실존했던 달변의 검사로 알려져 있으며 『레 미제라블』에도 등장한다.

24. 프랑스 극작가 코르네유의 희곡 「오라스(Horace)」에 나오는 대화를 인용한 것이다. "세 명을 상대로 혼자 어떻게 할 생각이오?"라는 질문에 대한 오라스의 답으로, 숭고한 답을 기다리는데 변변찮은 답을 듣는 경우에 인용되는 수사적 표현이다.

25. 몰리에르의 희곡에 나오는 등장인물로, 자식들의 재산을 탐내거나 고약한 일을 꾸미는 아버지들이다. 아르강은 「상상병 환자(Le Malade imaginaire)」, 오르공은 「타르튀프(Le Tartuffe)」, 제롱트는 「할 수 없이 의사가 되어(Le médecin malgré lui)」에 각각 등장한다.

26. Jacques Laffitte(1767-1844). 저명한 은행가. 가난한 집에서 태어나 파리로 와 은행에 취업하고자 했으나 거절당했다. 돌아가려다 은행 정원에서 핀을 하나 주워 간직하는 것을 본 은행장이 경제적인 청년이라 생각하여 결국 그를 채용했다고 한다.

27. 당시 센 강 하구에 있던 생-클루 다리에는 그물망이 있어 강으로 떠내려가는 물건들을 건져올릴 수 있었다고 한다.

28. André-Antoine Ravrio(1759-1814). 브론즈 조각가로 유럽 전체에 명성을 떨쳤으며 브론즈 조각 옆에 시계를 같이 넣은 장식을 많이 제작했다.

29. 주10 참조.

30. Tibord du Chalard(1766-1850). 왕당파 의원으로 원문에는 'Thibord'라 되어 있으나 'Tibord'가 정확한 이름이며 앙시앵 레짐(구체제)에서 검사직도 수행했다. 『레 미제라블』에도 등장한다.

31. 수행을 위해 이집트의 사막에 들어가 속세의 유혹을 버리고 정진했던 성인이다. 어느 날 밤 부귀와 영화, 재물, 여성들의 유혹이 차례로 나타나 고뇌에 이르게 되었다는 이야기를 바탕으로 플로베르가 소설 「성(聖) 앙투안의 유혹」을 쓰기도 했다. 그 외에도 다양한 회화나 문학작품의 주제가 되었다.

문학, 그 정의의 한 순간

'문학'과 '현실참여'는 빅토르 위고(Victor Hugo)의 삶에서 중요한 두 축을 이룬다. 1802년에 태어나 1885년 세상을 뜰 때까지 수많은 시와 소설, 희곡을 쓴 그는, 저명한 정치인이기도 했다. 처음에는 루이 나폴레옹(나폴레옹 3세)을 지지하며 국회의원으로 정치계에 입문하지만, 1851년 12월 2일 나폴레옹 3세가 쿠데타를 통해 제정을 선언하자 정부를 격렬하게 비판하는 자유주의자, 공화주의자가 된다. 반정부 인사로 낙인찍힌 뒤에는 제2제정시대(1852-1870) 이십 년을 벨기에와 영국에서 망명 생활을 하게 된다. 이 시기의 그에게 문학은 현실에서 이루지 못한 이상을 구현하는 피안과 같았다. 따라서 그의 작품에는 사상의 자유와 박애주의가 실현되는 세상을 그리는 주제가 많다.

독자들에겐 특히 소설가로 널리 알려져 있는 위고는 『노트르담 드 파리(*Notre-Dame de Paris*)』(1831)나 『레 미제라블(*Les Misérables*)』(1862)과 같은 대표작을 통해 사회정의를 구현하는 공간을 그렸다. 국내에는 비교적 알려지지 않은 『사형수의 마지막 날(*Le Dernier Jour d'un Condamné*)』(1829)에서는 사형을 반대하는 진보주의자로서의 그의 입장을 소설화하며, 사형집행을 앞둔 사형수의 심리를 인간적으로 묘사해 큰 감동을 준다.

『송가와 발라드집(*Odes et Ballades*)』(1826), 『동방 시집(*Les Orientales*)』(1829), 『가을낙엽(*Les Feuilles d'Automne*)』(1831), 『황혼의 노래(*Les Chants du Crépus-ule*)』(1835), 『명상 시집(*Les Contemplations*)』(1856) 등과 같은 낭만적 서정시를 쓴 국민시인이기도 한 그는 망명시기 및 만년에 씌어진 시집에서는 인생에 대한 고찰과 정치적 비판을 주제로 삼는다. 또 『징벌 시집(*Les Châtiments*)』(1853)은 쿠데타를 통해 집권한 나폴레옹 3세를 풍자하고 공격하는 시로, 프랑스 역사상 이렇게 통렬하게 집권자를 비판한 시가 없다는 평가를 받기도 한다.

희곡으로는, 『크롬웰(*Cromwell*)』(1827), 『에르나니(*Hernani*)』(1830), 『왕은 즐긴다(*Le Roi s'Amuse*)』(1832), 『뤼크레스 보르지아(*Lucrèce Borgia*)』(1833) 등 널리 알려진 작품과 그의 사후에 출간된 『자유연극집(*Théâtre en Liberté*)』(1886) 이 있다. 그는 『크롬웰』서문에서 셰익스피어식의 낭만적이며 자유롭고 전복적인 극작을 주창한다. 프랑스 고전주의가 지켜 왔던 여러 가지 원칙, 즉 정형시에 가까운 알렉산드리아식 12음절 운율법, 한정된 주제, 삼일치 원칙(행위, 시간, 장소의 일치)과 같은 제약을 모두 파괴한다. 연극의 주인공들이 한정된 주제와 언어표현에서 벗어나 소설에서와 같은 자유를 누리자는 것으로, 이렇게 획득된 서사적인 대사는 줄거리를 진척시켰을 뿐만 아니라 연극을 사회정의 실현을 위한 이데올로기 발현의 장(場)으로 확장하게 된다. 예술과 사회의 영역에서 표현의 자유가 보장될 것을 주장하는 그의 서문이 수록된 『에르나니』가 초연될 당시, 테오필 고티에(Théophile Gautier)를 비롯한 젊은 문인들이 빨간 조끼를 입고 위고를 옹호한 유명한 사건이 있기도 하다. 특히 위고의 문학적 이상과 정치적 신념이 녹아 있는 『왕은 즐긴다』의 경우 독재자인 왕과 귀족 계급에 대한 신랄한 비판을 주제로 다뤄 루이 필립 왕이 초연 다음 날 바로 상연을 금지시키기도 했다.

　「천 프랑의 보상」이 속한 『자유연극집』은 당시 극심했던 검열과 표현의 자유를 쟁취하기 위해 그가 엮은 것으로, 「젖은 숲(La Forêt Mouillée)」 「할머니(La Grand-mère)」 「천 프랑의 보상(Mille Francs de Récompense)」 「간섭(L'Intervention)」 「먹을 것인가?(Mangeront-ils?)」 「검(L'Épée)」 「갈뤼스의 두 만남(Les Deux Trouvailles de Gallus)」 「토르케마다 (Torquemada)」 등 총 여덟 편이 수록되어 있다.

　「천 프랑의 보상」은 위고가 영국령 채널 제도의 건지 섬(Guernsey Island)에 망명해 있을 무렵 『레 미제라블』을 완성한 후 사 년 뒤인 1866년에 집필한 것으로, 그의 소설의 주요 테마인 사회적 숙명을 다시 한 번 다루고 있다. 글을 쓰기 시작할 때의 제목은 '오백 프랑의 보상' 이었다고 한다. 「천 프랑의 보상」이라는 제목으로 작품이 완성되자 오랜 공백을 깨고 나온 위고의 극작품이었기에 파리의 극단들에서는 큰 관심을 보였다. 원고 여백에 1막의 복잡한 무대 구성을 세 번에 걸쳐 스케치하고, 원고를 마친 후에도 한 달 동안 수정 작업을 한 점으로 보아 상연을 목적으로 집필한 게 분명하지만, 이 작품은 검열이 완전히 사라진 세상에서 공연하겠다는 위고의 뜻에 따라 무대에 올려지지 못했다. 당시 라 포르트 생-마르탱 극장(Théâtre de la Porte Saint-Martin) 대표의 공연 제안에 대한 답신에 그의 확고한 결의가 담겨 있다.

　　제가 이번 겨울에 쓴 이 희곡이 상연되려면 프랑스에서 자유 보장을 위한 조건들이 충족되어야 합니다. 저를 비롯한 대부분의 사람들 그 누구에게도 허용되지 않는 것이지요. 그래서 저는 상연을 연기할 수밖에 없습니다. 이 희곡은 공연을 위해 씌어졌고, 무대연극의 관점에 맞춰 완전히 각색된 작품입니다. 예술적 관점에서 얼마든지 상연될 수 있겠지만, 검열의 관점에서는 그렇지 못합니다. 저는 기다리겠습니다. 그리고 자유가 돌아오는 날 제 희곡을 세상에 내놓겠습니다.

　망명 생활을 끝내고 돌아온 후, 파리의 대극장들이 그의 대표작들을 무대에 다시 올리기 시작한 시기에도 그는 여전히 이 작품의 상연만큼은 거부했다. 1886년

『자유연극집』이 나올 때에도 이 작품만 포함되어 있지 않다가 1934년에야 출간되었고, 1961년 메츠 시립극장에서 위베르 지누(Hubert Gignoux)의 연출로 처음 무대에 올려졌다. 위고의「천 프랑의 보상」에 대한 집착에 가까운 자기검열은 여전히 의문으로 남아 있다.

그의 대표작인『레 미제라블』의 후속작이라고도 할 수 있는 이 작품은, 희곡이지만 소설인『레 미제라블』과 겹치는 요소를 많이 가지고 있다. 자유주의자들을 탄압하는 경찰청장으로 묘사된 들라보 경감과 같이 몇몇 실존했던 인물에 대한 언급도 동일하거니와, 정치사회적 배경이나 주제의 측면에서도 유사점을 지닌다. 이 작품이 씌어진 1860년대의 프랑스는, 크림전쟁을 겪고 영국과 첫 자유무역 협정을 체결하면서 교역과 금융산업이 발달하고, 오스만(G.-E. Haussmann)의 주도 아래 대규모의 파리 도시 정비사업이 진행되던 때이다. 아프리카에서는 프랑스의 식민지 침략이 진행되고 있었다. 나폴레옹 3세가 쿠데타를 통해 황제의 자리에 앉자 공화파 지식인들은 이에 저항하였고, 표현의 자유는 탄압되었다. 나폴레옹 3세는 결국 1867년에 표현과 결사의 자유를 보장하는 자유법을 제정하게 된다. 그러다 1870년 보불전쟁에서 나폴레옹 3세가 항복하자 의회는 바로 공화국을 선포한다. 정치적 탄압, 귀족과 부르주아들의 횡포가 극심하던 1860년대에 씌어진 이 작품을 통해, 위고는『레 미제라블』에서처럼 사회의 부정과 인간 불평등을 고발하고 서민들의 연대를 주장한다.

1820년대 파리의 어느 겨울, 주인공 글라피외는 작은 실수 때문에 도둑으로 몰려 감옥살이를 한 뒤 새로운 삶을 위해 파리에 온다. 하지만 또다시 오해를 받고 경찰에게 쫓기던 중 젊은 여인 시프리엔의 집에 몸을 숨기게 된다. 그녀는 어머니 에티에네트와 병들고 몰락한 할아버지 제두아르와 함께 살고 있다. 이때 드 푸엔카랄 남작의 금융투자 대리인 루슬린이 들이닥쳐 사천 프랑의 빚을 진 제두아르의 집기들을 압류하려고 한다. 하지만 흑심을 품은 루슬린은 시프리엔을 아내로 주면 압류를 풀어 주겠다는 거래를 제안한다. 때마침 시프리엔의 연인인 에드가르가 은행에 입금하려던 회사 돈으로 대납하며 위기를 모면하지만, 그 돈을 메우기 위해 도박에 손을 댔다가 실패한 에드가르는 센 강에 몸을 던져 자살 시도를 한다. 물에 빠진 그를 구해 오면 돈을 주겠다는 드 퐁트렘의 제안에 글라피외는 강물에 뛰어들어 그를 구해내고, 스스로 비참한 상황임에도 불구하고 보상금을 이 불행한 가족을 돕기 위해 쓴다. 결국 글라피외의 노력으로 에티에네트는 헤어진 연인이었던 드 푸엔카랄 남작과 재회하고 시프리엔과 에드가르는 맺어진다.

『레 미제라블』의 선량한 장발장과 반항적 부랑아인 가브로슈를 섞어 놓은 듯한 주인공 글라피외는 모든 사건의 주체이자 관찰자로서, 극 중 긴 독백을 통해 사회와 인간에 대한 다양한 생각들을 냉소적이면서도 진지하게 읊조린다. 마치 고대 그리스 극의 합창대나 예언자와 같이 구석에 숨어 다른 인물의 행동과 말을 관찰하며 이를 설명하고 같이 기뻐하거나 슬퍼한다. 더 나아가 각 상황 속에서 교훈적인 내용을 끌어내고, 잠재적 구원자처럼 숨어 있는 암호를 해독하기도 한다. 예를 들어 루슬린이 등장해 첫 대사를 하기도 전에 "대머리 남자가! 여자들만 있는 이곳에! 조심해야 돼" 하고 속삭임으로써 관객들에게 그의 정체를 암시한다.

남자와 여자, 부자와 가난한 자가 평등해지고 평화와 행복이 넘치는 사회를 꿈꾸는 이상주의자인 제두아르 대대장이 위고의 신념을 대변한다면, 국회의원으로 등장하는 바뤼탱은 부의 증대가 목적이 되어 버린 19세기의 자본주의를 대변한다. 드 퐁트렘과 로몽 자작으로 대표되는 귀족층의 젊은이들은 세속의 신분 덕분에 안락한 삶을 누리지만 사회적 불평등에 대한 의식을 가지고 있다. 그들은 자선행위나 선행을 하려고 노력하며, 더 많은 자산을 모으거나 명성을 추구하려 들지 않는다. 대 자본가인 드 푸엔카랄 남작은 부를 지녔지만 덕을 존중하고 신의를 지키며, 정의가 실현되기를 믿는, 글라피외와 더불어 독특하고 비현실적인 인물이다.

시프리엔을 위해 자신의 인생을 거는 에드가르도 정의감이 강한 인물로, 그는 사랑이 주는 용기와 지혜를 구현한다. 그런가 하면 루슬린은 본래 귀족도 아니면서 제정을 찬성하고 시대 조류에 편승하여 재산을 불리는 데 혈안이 되어 있으며 도덕성은 전혀 없는 비열한 인간으로 묘사된다.

빅토르 위고는 그의 비극적인 다른 작품과 달리, 여기에서는 진지하면서도 익살스러운 사회 참여극 모델을 보여 준다. 즉 사회 전반을 지배하는 불의와 금권만능주의에 저항하도록 동시대 시민들을 끌어들이는 데 우화와 해학을 사용한다. 2막에서 두드러진 사육제(謝肉祭) 극작법을 통해 부르주아들의 편견과 정의의 실종을 비판한 것이 그 예이다. 멜로드라마적 구조도 극 중 해학적 요소에 한몫을 하는데, 출생의 비밀, 미혼모, 자신보다 젊은 여인과 결혼하고 싶어 하는 악역의 등장 등의 과장된 상황은 당시 관객들에게도 웃음을 불러일으켰을 것이다. 또한 중간중간 삽입되는 사회적 불평등과 결정론에 대한 글라피외의 독백은 날카로우면서도 유머러스하다. 전체적으로 동시대의 작품이라고 해도 좋을 만큼 이야기 속에 달콤함과 쓸쓸함, 낙관주의와 비관주의가 기묘하게 섞여 있는 산문체 희곡이라 할 수 있다.

이 작품을 읽다 보면 자연스럽게 현재 우리의 시대를 대치해 보게 된다. 고전은 시대를 관통한다. 21세기에 우리는 과연 행복하게 살고 있는가. 민주주의는 제대로 실현되고 있는가. 제두아르 대대장이 부르짖던, 가난한 사람이 부자의 품에 안기고, 여성이 평화를 누리는 세상이 도래하였는가. 경제 파시즘, 불평등의 가속화, 헌법에 엄연히 보장되었음에도 위협받고 있는 노동권, 집회와 결사의 자유, 표현의 자유, 무시되는 약자의 인권, 사대강의 비극 등….

한 권의 역사책보다 더 생생하게 당시의 현실을 이해하게 해 주는 것이 바로 정의의 편에 선 문학의 힘이다. 위고와 동시대 작가였던 스탕달은 『적과 흑』에서 "소설은 사회를 비추는 거울"이라 했다. 『21세기 자본』으로 저명한 프랑스의 경제학자 토마 피케티(Thomas Piketty)는 발자크의 소설들을 읽지 않았다면 불완전한 통계에만 의지하는 빈약한 경제학을 했을 것이라고 말했다. 믿기 어려울 정도로 선의를 가진 주인공들에 공감하고 응원하고 싶은 건 그 시대와 지금이 그리 다르지 않아서가 아닐까. 위고는 종교를 가진 적이 없었지만, 정의가 구현되는 은총과 같은 순간에 대한 믿음을 끝까지 지니고 있었다고 한다.

「천 프랑의 보상」은 2010년 프랑스에서 툴루즈 국립극장 예술감독 로랑 펠리(Laurent Pelly)의 연출로 무대에 올려져 큰 성공을 거두었다. "이 작품이 씌어진 지 백오십여 년이 지난 후에 다시 무대에 올린다는 것은, 사실상 연극이란 마땅히 현실과 밀접하게 연결되어야 함을 표명하는 것"이라고 한 연출가의 기획의도처럼, 작품이 전하는 중요 메시지를 현대식으로 재해석하고 정치적 미학적 처리를 함으로써 관객과 평단으로부터 높은 평가를 받았다. 특히 백지 위에 선을 그리듯 공간을 윤곽선으로 처리해, 선이 주는 생동감, 건조함, 단순함 등을 강조한 무대디자인은, 굶주린 위장처럼 텅 빈 집을 가진 가난한 민중의 비참함을 은유한다. 극 중 인물들은 독백을 하다가 무용가처럼 공간을 유영하기도 한다. 펠리는 고전이 가지고 있는 현대적인 요소를 최대한 극화해 연출하였고, 문학과 사회, 역사의 관계에 대해 질문하게 한다.

이 책은 툴루즈 국립극단이 성남문화재단 초청으로 갖는 2014년 10월 내한공연에 맞춰 출간된 것으로, 상연용 대본은 원작에서 일부 생략·각색된 부분이 있으나 이 번역본은 원작 그대로 옮겼다. 수많은 생명을 잃은 잔인한 봄, 수업과 통역사로서의 바쁜 일정 중에 틈틈이 번역을 진행하면서, 기적과 같은 결말을 가져오는 작품 속 인물들을 보고 위안을 얻었다. 한국어를 프랑스어로 옮기는 작업을 주로 해 온, 빅토르 위고의 전공자도 아닌 나에게, 이 번역은 흥미롭지만 어려운 도전이기도 했다. 성남문화재단의 신선희 대표님과 대본 번역을 맡겨 주신 주미영 차장님, 출판을 지원해 주신 주한 프랑스문화원의 자크 술릴루 문정관, 원작의 번역 출판을 흔쾌히 수락하신 열화당의 이기웅 대표님, 편집을 진행해 주신 이수정 기획실장님과 박미 씨께 진심으로 감사드린다. 언제나 그렇듯이 존재의 이유인 가족, 특히 책상 밑에서 항상 동행해 주는 추백이에게 감사한다.

2014년 9월
최미경

빅토르-마리 위고(Victor-Marie Hugo, 1802-1885)는 프랑스의 낭만주의 문학가로
시인이자 소설가, 극작가이다. 낭만주의를 시와 희곡에 도입하였으며, 소설과
희곡에서 정의와 민주주의 실현 및 서민들의 삶을 옹호하는 사회참여적 경향이 강한
작품을 다수 남겼다. 나폴레옹 3세 때 반정부 인사로 낙인찍혀 장기간 망명 생활을
했고, 이 시기에 만년의 문학을 완성했다. 1841년에는 아카데미 프랑세즈 회원이
되었고, 사망 후 팡테옹에 안장되었다. 시집으로 『송가와 발라드집(*Odes et Bal-
lades*)』(1826), 『마음의 소리(*Les Voix Intérieures*)』(1837), 『징벌 시집(*Les Châti-
ments*)』(1853), 『명상 시집(*Les Contemplations*)』(1856) 등이 있고, 소설로는
『사형수의 마지막 날(*Le Dernier Jour d'un Condamné*)』(1829), 『노트르담 드
파리(*Notre-Dame de Paris*)』(1831), 『레 미제라블(*Les Misérables*)』(1862) 등이 있다.
희곡으로는 『크롬웰(*Cromwell*)』(1827), 『뤼 블라스(*Ruy Blas*)』(1838), 사후에
출간된 『자유연극집(*Le Théâtre en Liberté*)』(1886) 등이 있다.

옮긴이 최미경(崔美卿)은 1965년생으로 서울대학교 불문과 학사, 석사 후 프랑스
파리4대학에서 현대문학박사, 파리3대학 통역번역대학원에서 통역번역학 박사를
받았다. 국제회의 통역사로 정상회담 등 다양한 정치, 경제, 학술행사 통역을
수행하고 있으며, 한국문학을 프랑스에 번역 소개하고 있다. 황석영, 이승우 작가의
작품을 장 노엘 쥐테 감수로 번역하여 대산문학번역상, 한국문학번역원 번역대상을
수상했다. 현재 이화여자대학교 통역번역대학원 교수로 재직 중이다.

천 프랑의 보상

빅토르 위고 희곡

최미경 옮김 | 폴로 가라 사진

초판1쇄 발행 2014년 10월 20일
발행인 李起雄 **발행처** 悅話堂
경기도 파주시 광인사길 25(문발동 520-10) 파주출판도시
전화 031-955-7000, 팩스 031-955-7010
www.youlhwadang.co.kr yhdp@youlhwadang.co.kr
등록번호 제10-74호 등록일자 1971년 7월 2일
편집 이수정 박미 **디자인** 이수정 **인쇄 제책** (주)상지사피앤비

Mille francs de récompense by Victor Hugo
Korean Edition © 2014 by Youlhwadang Publishers
Korean Translation © 2014 by Choi Mikyung
Photographs © 2010 by Polo Garat
Published by Youlhwadang Publishers. Printed in Korea.

값은 뒤표지에 있습니다.
ISBN 978-89-301-0473-9
이 도서의 국립중앙도서관 출판시도서목록(CIP)은
e-CIP 홈페이지(http://www.nl.go.kr/ecip)에서
이용하실 수 있습니다. (CIP제어번호: CIP2014027762)

INSTITUT FRANÇAIS 이 책은 주한 프랑스문화원으로부터 일부 번역지원을 받아 출간되었습니다.